SABINE KORTE

Pumps und Pampers

Buch

»Die Viererbande« hat man sie oft genannt – die vier Freundinnen Inga, Karin, Sonja und Floh, die gemeinsam die Welt und die Männer unsicher zu machen pflegten. Inga, sinnlich, faul und hochintelligent. Floh, der Liebling der »Szene«, leichtlebig, flatterhaft und witzig. Karin, warmherzig und weich, für Männer immer nur die beste Freundin. Und Sonja, die Katze mit den neun Leben, die Frau, die immer den Mut hat, alles hinter sich zu lassen. Zehn Jahre lang hatten die Freundinnen nichts anderes im Sinn als Parties, Pumps und Abenteuer. Da lernt Sonja eines Tages den weit älteren Wolf kennen und lieben, und plötzlich ändert sich ihr Leben völlig. Sie läßt alles hinter sich, was der »Viererbande« einst heilig gewesen war. Mehr noch: Sie heiratet und bekommt ein Kind. Kein Wunder, daß da das Bündnis der Freundinnen bald zu bröckeln beginnt. Aber so sehr Sonja auch Mann und Kind liebt, so wenig will sie doch auf Dauer mit ihrer neuen Rolle als Mutter und Ehefrau zurechtkommen. Zwischen alle Fronten geraten, muß sie lernen, sich ihre Welt noch einmal von Grund auf neu zu gestalten.

Autorin

Sabine Korte wurde 1958 geboren und wuchs als »Enfant terrible« in einer Kleinstadt bei Dortmund auf. Nach dem Abitur studierte sie in München und Paris. Zehn Jahre lang arbeitete sie als Journalistin und Fotografin in München und Irland. Heute lebt sie in München.

Von der Autorin sind im Taschenbuch außerdem erschienen

Das Atelier der Engel. Roman (43562)
Reisende in Sachen Liebe. Roman (44029)
Zimtküsse. Roman (43587)

SABINE
KORTE

Pumps und Pampers

ROMAN

PORTO
BELLO

Umwelthinweis:
Alle bedruckten Materialien dieses Taschenbuches sind chlorfrei und umweltschonend.

Portobello Taschenbücher erscheinen im Goldmann Verlag, einem Unternehmen der Verlagsgruppe Bertelsmann GmbH

Einmalige Sonderausgabe August 2000

Umschlaggestaltung: Design Team München
Umschlagfoto: G. Pretzl
Satz: IBV Satz- und Datentechnik GmbH, Berlin
Druck: Elsnerdruck, Berlin
Verlagsnummer: 55173
KvD · Herstellung: Schröder
Made in Germany
ISBN 3-442-55173-0
www.portobello-verlag.de

1 3 5 7 9 10 8 6 4 2

FÜR DEN

PRIESTERMANN

Sonntag
1988

Sonntag. Es war der Tag der Woche, den Sonja am meisten haßte. Frost hatte die Stadt überzogen wie grauer Filz. Das Summen des Verkehrs auf der Straße war so gedämpft, daß einzelne Geräusche herauszuhören waren, das Brummen des anfahrenden Busses, der laufende Motor eines Taxis, das Gebell von Hunden. In der Dachrinne unter ihrem Küchenfenster gurrten die Tauben, und vom Betonturm der nahe liegenden Kirche schlug es zwei Uhr. Die Zeit blieb stehen, wie jeden Sonntagmittag.

Das Baby lag in seinem Stubenwagen und schlief. Wolf saß in der Küche und las die Zeitung. Sie ging nach oben auf die Galerie, an Wolfs Schreibtisch vorbei, ins Schrankzimmer. Es war der einzige abgeschlossene Raum in dem riesigen Dachatelier. Ursprünglich war er als Schlafzimmer gedacht gewesen, aber Wolf hatte sein Nachtlager nach unten in den sogenannten Wintergarten verlegt, schon bevor sie bei ihm eingezogen war. Er hoffte, die Frauen leichter ins Bett zu bekommen, wenn er sie nicht erst die Treppe hochbugsieren mußte.

Sie schloß lautlos die Tür hinter sich und zog sich aus. Ihre Beine waren immer noch schön: schlank und elegant und endlos lang. Aber der Bauch sah mitgenommen aus. Sein Fleisch erinnerte an eine schlaff gewordene Luftmatratze, formlos und weich. Der Bauchnabel war bräunlich verfleckt wie ein dreckiger Klecks, von dem aus eine feine, fast schwarze Linie wie ein trübes Rinnsal hinunter zu den Schamhaaren floß. Die Linea nigra. Sie war noch kaum verblaßt, obwohl Beckys Geburt schon drei Monate zurücklag.

Während der Schwangerschaft war sie immer stärker geworden, so als müsse sie auf die wachsende Frucht unter der dünner werdenden, blaßblauen Haut des Bauches hinweisen.

Sie betrachtete ihren Busen. Er war von einem Netz dunkelblauer Adern durchzogen, und der Hof der Brustwarze war ausgelaufen zu einem großen, leuchtenden Mal. Sie nahm eine der Knospen zwischen Zeige- und Mittelfinger, drückte sie und beobachtete, wie ein glänzender Tropfen Milch herausperlte.

Dann umkreiste sie mit den Fingerspitzen die schmerzhaft pralle Rundung der beiden Brüste. Auch ihr Busen war schön. Schön und zugleich widerlich wie eine Rose in vollkommen erblühtem Zustand, die in ihren aufgespreizten Blättern schon alle Zeichen des Verwelkens und der Verwesung trägt.

Von unten drang das Quengeln des Babys herauf. Sie drehte sich um und öffnete die Schiebetüren des Einbauschranks. Sie hatte nicht viel Zeit. Die Milch war schon eingeschossen. Becky würde Hunger haben.

Mit einem Ruck schob sie die engen, hüftbetonten Röcke zur Seite, die sie vor der Schwangerschaft getragen hatte. Sie gehörten zu einem früheren Leben, und Sonja hatte nicht den Eindruck, als gäbe es einen Weg dorthin zurück. Das Maulen des Babys klang schon fordernder. Sie schnappte sich ein ausgewaschenes grünes T-Shirt, dessen Ausschnitt so weit war, daß sie es einfach über die Schultern schieben konnte, um dem Baby die Brust zu geben. Irgendwo mußte auch die schwarze Stretchhose mit dem ausgeleierten Gummibund sein, die ihren immer noch empfindlichen Bauch schonte.

Die Freundinnen würden wieder Bemerkungen machen. Und es stimmte ja auch. Sie ließ sich gehen im Vergleich zu früher, war mehr um ihre Bequemlichkeit, ihre Gesundheit besorgt. Sogar für die Innenstadt zog sie jetzt schon wasserdichte, rutschfeste Schneestiefel an.

»Sonja!«

Sie öffnete die Tür. Wolf stand unten an der Treppe, die schreiende Becky auf dem Arm, das mobile Telefon in der Hand.

»Karin ist am Telefon. Ob sie Kuchen mitbringen soll.«

»Ja, Apfel mit Sahne für mich, wenn es geht«, rief Sonja zurück. »Könntest du Becky noch wickeln, bevor ich sie stille?«

Wolf verschwand durch die gläserne Schiebetür ins Bad, und Beckys Weinen verstummte. Wahrscheinlich hatte er einen Schnuller für sie gefunden.

Sonja stieg in die Stretchhose und starrte ihr ungeschminktes Gesicht im Spiegel an. Wenigstens das war ihr geblieben: Sie sah besser aus als der Durchschnitt der Frauen. Ihre Augen waren etwas zu klein, aber von einem intensiven, leicht grünlichen Blau. Ihre Nase war schmal und ebenmäßig. Eine Zahnärztin hatte sie einmal gefragt, welchem Chirurgen sie so perfekt gelungen sei, und war beleidigt gewesen, als Sonja darauf beharrte, daß ihre Nase von Natur aus so wohlgeformt war.

Auf dem Hocker vor dem Spiegel lag ihr Schminktäschchen. Für die Augen blieb nicht genug Zeit. Sie griff nach einem Konturenstift und zeichnete die Linie der Lippen nach. Dann malte sie die abgezirkelte Fläche mit einem goldbraunen Lippenstift aus. Sie bevorzugte dunkle, schorfige Farben für ihre vollen Lippen, weil sie alle Unschuld aus dem Gesicht wischten und die Züge ein wenig ins Schamlose kippten.

Solange sie denken konnte, war sie gewohnt, die Blicke der Männer auf sich zu ziehen. Mit vierzehn trug sie die Röcke so kurz, daß ihre Slips hervorblitzten. Es war der Rausch der Macht, der sie dazu trieb. Die Macht über den fleischwurstfarbenen Französischlehrer, dessen Lieblingsschülerin sie war und der sie vorn an der Tafel vor der gesamten Klasse mit Blicken beschlief.

»Hast du das mitgekriegt? Wie er auf deine Beine gestarrt hat? Es war widerlich«, flüsterte Floh, ihre beste Freundin, ihr aufgeregt zu, als sie auf ihren Platz zurückkehrte.

Die Macht über Jürgen, ihren ersten Freund, der alles tat für die Aussicht auf einen Nachmittag nackt mit ihr in seinem Zimmer unter dem Dach, wo sie Joints rauchten, Mocca-Schokolade aßen und er seinen Schwanz gegen ihre Gebärmutter rammte.

Sonja kämmte die langen Haare nach hinten und band sie zu einem Zopf, so daß man möglichst wenig vom Ansatz sah. Das nachwachsende Haar wirkte fast schwarz, obwohl sie ihr natürliches Blond nur um ein, zwei Töne aufgehellt hatte. Inga würde wieder etwas zu sticheln haben. Sie nahm ihre Schminktasche und lief die Treppe hinunter ins Badezimmer.

Wolf hatte das Baby ausgezogen und ließ es unter der Wärmelampe strampeln, die über der Wickelkommode hing. Seine großen Hände umfaßten die fleischigen, kleinen Oberschenkel. Er beugte sich tief zu Becky hinab und brabbelte mit ihr in der Babysprache. Sie war sicher, daß ein jüngerer Vater sein Baby niemals so genießen könnte wie Wolf mit fast fünfzig seine drei Monate alte Tochter.

Schon als ganz junges Mädchen hatte sie immer einen älteren Mann heiraten wollen. Er sollte mindestens zwanzig Jahre älter sein als sie, intelligent, ruhig und gelassen. Und er mußte sie beschützen können. Beschützen vor den anderen Männern. Vor allem aber vor sich selbst.

Jetzt hatte sie ihn. Wolf war der fürsorglichste und langmütigste Mann, der ihr bisher begegnet war. Und sie liebte ihn. Zuweilen allerdings beunruhigte sie die Leidenschaftlosigkeit ihrer Liebe. Da war keine Wut. Nur Ruhe und Harmonie und gegenseitiges Verständnis. Er hätte einen wunderbaren Lehrer abgegeben. Sonja wäre seine beste Schülerin gewesen.

Sie trat an den Wickeltisch, strich Wolf zärtlich über den Rücken und strahlte Becky an, die gerade erst gelernt hatte, ihr winziges Mündchen zu einem Babylächeln zu verziehen.

Bevor sie Wolf kennenlernte, hatte er zahllose flüchtige Beziehungen zu anderen Frauen gehabt. Doch seit sie zusammen waren, lebte er monogam.

Wolf wickelte Becky und reichte Sonja das Baby, und sie setzte sich mit ihm in den Wintergarten auf das breite Bett unter der kuppelförmigen Decke. Sie streifte das T-Shirt über die Schulter und steckte dem Baby die Brustwarze in den Mund.

Mattweißes Licht fiel durch das riesige, halbmondförmige Fenster, das sich über ihr Lager spannte. Von außen wirkte es wie ein Krötenmaul, das zur Beleidigung des respektablen alten Mietshauses in den Dachstuhl gerissen worden war. Innen aber ergoß sich das Licht je nach Tageszeit milchig-matt, gewittergelb oder orange über das Bett, das sie seit Beckys Geburt fast nur noch zum Schlafen benutzten.

Nachts lag Becky zwischen ihnen, und Sonja war froh über diese Mauer aus hasenweichem, pochendem Fleisch. Seit der Geburt verspürte sie überhaupt keine Lust mehr auf Wolf.

Becky saugte ernst und hingebungsvoll an ihrer Brust. Manchmal, wenn sie kräftig und regelmäßig an der Warze zog, verschmolzen sie für Minuten zu einem animalischen Wesen, das jenseits von Willen und Wollen, Zeit und Raum vollkommene Befriedigung fand. Andere Male kämpften sie gegeneinander, bis Becky, den Kopf unaufhörlich drehend und wendend, die Warze aus dem Mund verlor und mit ihren kleinen Händen unkontrolliert gegen ihre Brust hämmerte.

Das Brummen des Türsummers ertönte. Nach einer Weile vernahm Sonja das vertraute Klackern von spitzen Absätzen auf der Treppe. Die Mädchen waren gekommen.

Es war ein Ritual, das sich erst seit einigen Wochen zu etablieren begann. Sie riefen immer am frühen Sonntagmittag an, noch verschlafen oder halbverkatert, wenn Sonja wegen des Babys schon sechs bis acht Stunden auf den Beinen war und mit vor Kälte geröteten Wangen aus dem Park kam. Seit es Becky gab, war sie nicht mehr ausgegangen. Jetzt sah sie ihre Freundinnen fast nur noch an diesen trägen, winterlichen, zu nichts zu gebrauchenden Sonntagnachmittagen. Dann saßen Karin, Inga und Floh an Wolfs Küchentisch, umwogt vom Qualm ihrer Zigaretten, eingehüllt in das ungewohnte Familienidyll ihrer Mutter gewordenen Freundin, und erzählten ihr, was sie während der Woche alles verpaßt hatte.

Die vier Frauen kannten sich schon seit zehn Jahren. Anfangs waren sie zwei Pärchen gewesen: Floh und Sonja war das eine, Karin und Inga das andere Paar.

Floh war Sonjas beste Freundin. Sie kamen aus der gleichen Stadt und hatten schon in der Schule nebeneinandergesessen. Gemeinsam waren sie in die Großstadt gezogen, um zu studieren. Floh fand die Uni langweilig und begann bald in einem Café zu bedienen. Dort traf sie auf Karin, die zur Aushilfe jobbte. Karin studierte und lebte mit ihrer besten Freundin Inga in einer gemeinsamen Wohnung.

Mit der Zeit wuchsen sie zusammen, telefonierten täglich, benutzten die gleichen Ausdrücke, gingen zusammen aus, tauschten Kleider und Autos und traten einander ihre verflossenen Liebhaber ab.

Irgend jemand aus der Szene hatte die Vier »Die Stöckelschuh-Mafia« getauft, und die Mädchen nahmen diesen

Namen halb geschmeichelt zur Kenntnis – so als hätten sie von einem Verehrer irgendein lächerliches Stofftier geschenkt bekommen und in eine Ecke ihres Zimmers gestellt. Sie machten kein Aufhebens darum, aber sie warfen es auch nicht auf den Müll.

Sonja lächelte, als ihr der Name wieder einfiel. Seit fast einem Jahr hatte sie keine Stöckelschuhe mehr angehabt. Und jetzt, da sie Becky nicht mehr nur im Bauch, sondern ständig auf dem Arm trug, wurde schon der Hauch eines Absatzes zur Qual.

Wolf öffnete die Tür.

»Die haben ja wirklich einen Knall, bei dem Wetter überhaupt nicht zu streuen. Ich hätte mir fast den Hals gebrochen.« Das war Ingas Stimme.

»Du hast ja auch genau die richtigen Schuhe an«, sagte Wolf.

»Ja, Herr Oberlehrer. Wie schön warm du bist. Halt mich fest. Ich sterbe vor Kälte.«

Wolf lachte kehlig in sich hinein, und Sonja zuckte zusammen. Sie steckte Becky den Finger in den Mund, um ihren Mund von der Brustwarze zu lösen.

»Wo ist denn Sonja? Ich stell den Kuchen schon mal in die Küche.« Das war Karin.

Sonja hob Becky auf die Schulter und trat in den Flur. Sie begrüßte erst Karin, dann Inga mit Küßchen.

Inga ging gleich hinüber zu dem massiven, alten Goldspiegel, der im Flur an der Wand lehnte, und zog sich die Lippen nach. Ihre Beine waren etwas zu kräftig für den kurzen Rock, über den ein grauer, dünner Pullover fiel, der ihren Busen hervorhob. Sie war stolz auf ihre apfelfesten Brüste, die sie den Freundinnen bei jeder Gelegenheit nackt präsentierte.

»Findest du, daß sie schon hängen?« fragte sie jedesmal, noch im Slip, und betrachtete mit erhobenen Armen ihre wunderbare Rundung vor dem billigen Spiegel im Flur ihrer winzigen Wohnung. Die Freundinnen standen hinter ihr und stöhnten vor Neid und Bewunderung, aber auch vor Ungeduld, weil Inga sich wieder mal kurz vor dem Weggehen die Haare gewaschen hatte und jetzt alle auf sie warten mußten.

Inga trug ihr dichtes, dunkles Haar schulterlang und glatt und akzentuierte in dem Gesicht mit der etwas groben Nase nur die perfekt geschnitzten Lippen. Es war anstrengend und gefährlich, sie zu lieben – selbst für eine Frau. Inga war schillernd und faszinierend und besaß keinen Funken Moral im Leib. Dabei war ihre Erscheinung weder strahlend noch auffällig. Sie besaß einen eher schlampigen, nachlässigen Sex, dem Männer auf den zweiten Blick verfielen – dann aber mit Haut und Haaren. Sonja konnte das verstehen. Sie brauchte nicht viel Phantasie, um sich Inga beim Vögeln vorzustellen.

»Du bist nicht im Ernst in diesem Wetter mit Stöckelschuhen gekommen!« sagte Sonja.

»Ach komm, Sonja, nur weil du jetzt auf dem Gesundheitstrip bist, müssen wir nicht mit Schneeschuhen in die Bar stapfen. Außerdem hast *du* ja einen Ehemann.« Inga kramte in ihrer Tasche nach Zigaretten. »Hast du zufällig Zigaretten eingesteckt?«

Karin zuckte zusammen. Sonja mußte grinsen. Sie ging voraus in die Küche und fahndete nach einem Aschenbecher. Wolf hatte bereits den Tisch gedeckt und Kaffee gekocht. Jetzt verzog er sich mit einem Stück Kuchen in den Wohnzimmerbereich.

»Du siehst super aus, Liebling«, sagte Karin.

»Meiner Cousine Marion hätte man am liebsten einen Kartoffelsack übergestülpt drei Monate nach der Geburt.«

Karin zog eine neue Schachtel Zigaretten aus ihrer Tasche und legte sie seufzend auf den Küchentisch.

Sonja antwortete nicht. Sie machte sich nichts aus Karins Komplimenten. Irgend etwas stimmte mit Karin nicht. Sicher, sie war die treueste und die ehrlichste ihrer drei Freundinnen. Aber Karin scheute jede Form der Auseinandersetzung. Aus Angst, andere zu verletzen, sagte sie selten, was sie wirklich dachte. Sonja hatte, fast wider Willen, begonnen, auf diese Eigenschaft allergisch zu reagieren, so daß Karins Schmeicheleien sie in letzter Zeit kaltließen oder gar zornig machten. Zumal Sonja sich nicht ganz sicher war, ob Karin aus purer Menschenfreundlichkeit so handelte oder ob in ihrem warmherzigen Zuspruch nicht doch etwas Künstliches, vielleicht sogar Berechnendes lag.

Sonja behielt Becky auf dem Arm, während sie den Freundinnen mit einer Hand Kaffee eingoß.

»Zeig mal, läßt du deine alte Haarfarbe jetzt rauswachsen?« fragte Inga mit einem Blick auf ihren hinuntergebeugten Kopf.

»Nein, ich komme nur nicht zum Friseur. Solange hält Becky noch nicht durch.«

»Kann Wolf sie denn nicht mal nehmen?«

»Ja schon, aber sie will immer noch alle zwei Stunden gestillt werden, und bis ich beim Friseur bin und zurück mit Färben, das wird knapp.«

»Du liebe Zeit. Willst du denn nicht bald mal aufhören damit?«

»Nein, ich will erst abstillen, wenn Becky sechs Monate alt ist. Mit der Muttermilch bekommt sie Antikörper, weißt du...« Das Wort »Muttermilch« klang seltsam in ihren Ohren. Es war ein unerotisches, abschreckendes Wort genau wie »Mutterkuchen«, »Muttermund« oder »Stilleinlagen«.

»Wo steckt Floh?« fragte sie schnell und nahm schließlich eine Untertasse anstelle eines Aschenbechers aus dem Schrank. Schon vor ein paar Jahren hatte sie das Rauchen aufgegeben, doch von den drei Freundinnen war ihr niemand darin gefolgt. Sonja beobachtete, wie sich die Rauchwolken, die beide Frauen jetzt ausstießen, in der Küche zu einem blauen Nebel verdichteten und stellte den Kuchen auf den Tisch.

»Floh ist gestern nacht mal wieder abgestürzt und befindet sich wahrscheinlich im Delirium Tremens. Karin hat versucht, ihr die Autoschlüssel abzunehmen, aber du kennst sie ja. Seither habe ich nichts von ihr gehört. Und bei ihr zu Hause ist nur der Anrufbeantworter eingeschaltet.«

»Wo habt ihr euch denn rumgetrieben letzte Nacht?« fragte Sonja.

»Ach, gestern war doch die Premiere von Ritterknechts Teenie-Film.«

Sonja schluckte. Früher wäre sie natürlich auch dabeigewesen.

»Und, wie war es?« fragte sie. Ihre Stimme quiekte ein wenig, in dem Bemühen, heiter und unbefangen zu klingen.

»Todsterbenslangweilig«, sagte Inga und gähnte. »Blümchen saß nur mit Leuten aus der Produktion zusammen und machte auf wichtig. Mir wurde das einfach zuviel, verstehst du, ich bin mit Karin noch auf einen Drink ins ›Lost Boys‹ gegangen. Da hockte dann prompt Lederer und zog ein langes Gesicht, weil ich ihn nicht zur Premierefeier mitgenommen habe.«

Sonja seufzte unwillkürlich. Seit sie Inga kannte, hatte diese stets mit mindestens zwei Männern eine feste Beziehung und eine unüberschaubare Anzahl von Affären, One-Nights und sonstigen Liebhabern nebenher. Im Moment war David Blumenberg, »Blümchen«, ein genialer, junger Filmproduzent, der zu Übergewicht neigte, ihr erster und Kurt Lederer, ein gutaussehender Journalist, ihr zweiter Mann. Aus Gründen, die Sonja niemals hatte aufdecken können, akzeptierten die Männer Ingas Lebenswandel.

Karin, die lange mit Inga zusammengewohnt hatte, behauptete, sie wüßten nichts davon, da Inga lügen könne, daß sich die Balken bögen.

Sonja mochte Ingas Männer. Sie erregten ihre Phantasie. Irgendein Instinkt sagte ihr, daß Blümchen Spaß an ausgefallenen Spielen hatte, und das machte ihn, trotz seiner mäßigen Figur, für Sonja extrem anziehend. Und Lederer sah einfach unverschämt männlich aus. Manchmal, wenn sie sich allein berührte, träumte sie davon, daß Blumenberg sie mit Lederriemen...

»...Sonja hört wieder mal nicht.«

»Was sagst du?«

»Habt ihr noch Zucker irgendwo?« Karin hatte jedem ein Stück Kuchen auf den Teller getan.

»Ja, warte, ich muß nachsehen.«

Automatisch händigte sie ihr das Baby aus. Becky begann sofort zu brüllen.

»Was hat sie denn?« fragte Karin nervös. Sie hielt das Baby mit beiden Händen von ihrem Körper weg, wie ein kleines Tier, das kratzen, beißen oder auf ihren Blazer spucken könnte.

»Du willst einfach nur ein bißchen geschuckelt werden, du unverschämte, süße, kleine Person, nicht wahr?« gurgelte Inga, nahm Becky auf den Schoß und schob ihr einfach den Schnuller in den Mund. Das Baby verstummte.

Sonja war immer wieder irritiert, daß Karin, die gute, sensible Karin, Becky mit tiefstem Unverständnis begegnete. Sie erinnerte sich daran, daß Karin diejenige war, die sich immer eine Familie mit drei Kindern gewünscht hatte, und schauderte.

»Und wie war der Film?« fragte Sonja und stellte die Dose mit Zucker auf den Tisch.

»Na ja, eben für Teenies. Die Gags waren reichlich abgelutscht. Karin fand ihn gut.«

»Aber er war doch auch witzig«, verteidigte sich Karin.

Sonja schenkte Kaffee nach, das Gespräch rauschte an ihr vorbei. Sie sah Karin an und fand, daß die Nächte, der Alkohol und die Zigaretten an ihrer Haut fraßen, gieriger als bei anderen Frauen. Vor zehn Jahren, als sie Karin auf der Uni kennengelernt hatte, war diese ungeschminkt herumgelaufen, und ihr zartes Gesicht hatte eine nordische Reinheit besessen, einen natürlichen Schmelz, als sei sie am Meer aufgewachsen und durch eine unvorhergesehene Wendung der Dinge in die Großstadt gespült worden. Sie besaß hohe Wangenknochen und ähnelte zwei, drei Jahre später, mit Mitte Zwanzig, ein wenig dem Typ von Faye Dunaway.

In dieser Zeit liebte Sonja sie am meisten. Karin und Sonja waren beide ehrgeizig und legten gemeinsam ihre Abschlußarbeit an der Universität vor. Während sie Tage am Schreibtisch verbrachten und sich am Telefon gegenseitig Mut für die mündlichen Prüfungen zusprachen, taten Inga und Floh sich zusammen, toupierten sich die Haare im Stil der frühen Sechziger und kauften sich kurze, glockenförmig ausschwingende Plastikmäntelchen. Sie lästerten über die vernünftigen Freundinnen und zogen bis zum Morgengrauen durch die Kneipen.

Karin und Sonja erhielten ihr Diplom und reisten vier Monate durch Indien und Nepal, durch den Südpazifik und die USA. Aneinandergeklammert wanderten sie durch die staubigen Straßen Indiens und sogen sich voll mit dem schillernden Chaos aus Rikschas und Ochsen, Kamelkarren und heiligen Kühen, skelettdünnen Mönchen, turbantragenden Sikhs und biegsamen Inderinnen in grellbunten Kunststoffsaris.

In Katmandu trafen sie auf zwei junge kanadische Ärzte und fuhren mit ihnen auf klapprigen, gemieteten Fahrrädern in die umliegenden Dörfer. Hand in Hand spazierten sie durch verfallene Tempelanlagen, umringt von Horden lachender Kinder. Zusammen posierten sie für die Kanadier vor holzgeschnitzten Liebespaaren in obszönen Stellungen, Göttinnen und steinernen Drachen.

Einer der Kanadier schickte ihnen ein Foto, auf dem sie sich anlächelten wie ein Liebespaar.

»Also hör mal, ich finde, er hat sich dir gegenüber wie ein Schwein benommen«, sagte Inga und leckte die letzten Krümel von ihrer Gabel.

»Wer denn?« Inga ignorierte Sonjas Frage, händigte ihr Becky, die zu quengeln begonnen hatte, aus und zündete sich eine Zigarette an.

»Ich weiß, ich weiß. Man muß ihm Zeit lassen. Ich meine, sie wohnen seit fünf Jahren zusammen. Er kann sich nicht so einfach von ihr trennen«, antwortete Karin.

»Wer denn?« fragte Sonja erneut.

»Michael«, erwiderte Inga knapp.

»Karins Michael? Wo habt ihr den denn getroffen? Ich dachte, er wohnt in Berlin?«

»Sonja, du machst mich wahnsinnig. Hör doch ein Mal zu, was man dir erzählt! Natürlich war er gestern bei der Premierenfeier dabei, er hat ja mitgespielt. Karin hat ihm die Rolle doch praktisch vermittelt.« Inga verzog abfällig die Mundwinkel.

Sonja versuchte Becky ruhig zu halten und wippte sie auf der Hüfte. Ihr Arm begann zu erlahmen. Sie war nicht mehr auf dem laufenden, jetzt weniger denn je.

Eigentlich hatte es dieses Problem schon immer gegeben. Ihre Begriffsstutzigkeit konnte die Freundinnen zur Weißglut treiben. Bekanntschaften und Beziehungen, Namen und Kontakte waren das Lebenselexier der Clique, und es empörte die Frauen, daß Sonja so sorglos damit umging. Sonja vergaß Namen und Gesichter, brachte durcheinander, wer mit wem in welcher Beziehung stand, fand wichtige Leute oft unsympathisch oder ließ bei dieser oder jener Person eine falsche Bemerkung fallen, worüber die Freundinnen sich wochenlang aufregen konnten.

Bevor sie zu Wolf gezogen war, fragte sie sich jeden Morgen nach einem Fest oder einem alkoholschwangeren Abend im »Lost Boys« mit klopfendem Herzen, was sie diesmal wieder ausgeplaudert, verkehrt gemacht, verbrochen haben könnte.

»Gut, gut, aber er hätte wenigstens Bescheid sagen können, bevor er sich absetzt«, empörte sich Inga.

Offensichtlich ging es um eine von Karins unzähligen mißglückten Beziehungen. Es gab so viele davon, daß Sonja manchmal den knappen Übergang zwischen Trennungsschmerz und neuer Verliebtheit verpaßte. Karin fiel fast immer auf den gleichen Typ herein: gutaussehend, charmant, oberflächlich und charakterlos. Es war, als besäße sie selbst genügend positive Charaktereigenschaften, um in ihrem männlichen Pendant nach etwas gänzlich anderem zu suchen.

Dennoch wartete sie mit erstaunlicher Beharrlichkeit auf den Jungen mit dem weißen Pferd.

»Wenn er Karin wirklich liebt, verläßt er auch seine Freundin«, sagte Sonja, um irgendwie im Spiel zu bleiben. Im Gegensatz zu Karin verlangte sie von all ihren Liebhabern überzeugende Beweise der Zuneigung und war sofort bereit, sich von ihnen zu trennen, wenn sie diese nicht erhielt. Doch meistens bekam sie, was sie wollte.

»Ach Sonny, komm, jetzt spiel du hier nicht die Überhebliche, nur weil *du* jetzt einen Ehering trägst. Du weißt doch selbst, daß es nicht immer so läuft, wie man will, und daß es keine Patentlösungen gibt, wenn man richtig verknallt ist.«

Sonja sagte nichts. Seit sie Wolf geheiratet hatte, redete Inga permanent von der Ehe, als sei sie besessen davon.

Wolf kam aus dem Wohnzimmer und hielt ihr das Telefon hin.

»Sonja – für dich. Floh ist dran.«

»Sonja, hallo, Schatz, ich kann gerade gar nicht sprechen«, sagte Floh mit einem unterdrückten Glucksen in der Stimme. »Ich bin auf der Polizeiwache, ja wirklich.« Sie lachte unkontrolliert, fing sich aber schnell wieder und fragte, ob Karin da sei. In Krisensituationen kamen die Mädchen immer auf Karin zurück.

»Ich geb sie dir«, sagte Sonja und reichte den Hörer weiter. Karin nahm das Telefon und verschwand im Flur.

»Ist es Floh?« fragte Inga. Sonja nickte. Sie verstummten beide und lauschten auf Karins gedämpfte Stimme. Sonja ging mit Becky auf dem Arm zum Kühlschrank und nahm eine Flasche Wein heraus. Draußen dämmerte es bereits.

»Sie ist auf der Polizei«, sagte Sonja leise, als feststand, daß sie nichts verstehen konnten.

»Wahrscheinlich hat sie ihr Auto wieder auf einer Verkehrsinsel geparkt«, antwortete Inga und grinste.

Karin kam in die Küche zurück.

»Was ist denn?« fragten Sonja und Inga fast gleichzeitig.

Karin trank einen kräftigen Schluck Wein und zündete sich eine Zigarette an. Floh war gegen Morgen in eine Alkoholkontrolle geraten. Dabei hatte sie einen Polizisten angefahren. Der Polizist hatte ins Krankenhaus gebracht werden müssen. Außerdem war auf dem Beifahrersitz ein Mann mit dreißig Gramm Kokain in der Jackettasche gesessen. Floh hatte ihn an diesem Abend erst kennengelernt gehabt.

Floh mußte zum Bluttest, hatte aber nur Alkohol im Blut und war mit einem Taxi nach Hause geschickt worden. Ihr Führerschein war auf jeden Fall weg, für wie lange, wußte sie noch nicht.

Inzwischen befand sie sich wieder auf der Wache. Sie sollte Aussagen über den Mann in ihrem Wagen machen, der wegen Verletzung des Betäubungsmittelgesetzes und Zuhälterei bereits vorbestraft war. Floh kannte aber nur seinen Vornamen. Und der stimmte nicht, wie sich inzwischen herausgestellt hatte. Karin sollte sie abholen. Sie fragte sich, ob sie einen Anwalt brauche.

»Typisch Floh«, sagte Inga ungerührt, als Karin ihre Geschichte beendet hatte.

»Hat sie etwa was mit ihm gehabt?« fragte Sonja.

»Nur geknutscht, behauptet sie.«

»Na ja, bis zur Wohnung haben sie es ja auch nicht geschafft«, meinte Inga.

Karin verfolgte ihren Wortschwall mit tiefem Unverständnis. Schließlich mischte sie sich ein.

»Wenn ich euren Disput mal unterbrechen darf, Floh sitzt auf der Wache und möchte abgeholt werden.« Sie sah auf ihre Uhr.

»Und ich könnte einen Happen zu essen vertragen.«

»Warum holst du nicht Floh ab, und ihr kommt zusammen hierher zurück? Und ich bereite inzwischen etwas zu Essen vor.«

Karin und Inga tauschten einen Blick aus. Sonja wußte, was das hieß. Genug der Familienidylle. Es war kurz vor acht und höchste Zeit für ein anderes Programm.

»Ich bin nachher noch im ›Lost Boys‹ verabredet«, meinte Karin und drückte ihr einen Kuß auf. »Schön war es bei dir. Auch, daß wir deine süße Tochter mal wieder bewundern durften.«

Sie zündete sich eine Zigarette für den Weg an und stürzte den Rest ihres Weines hinunter. Inga war ins Wohnzimmer gegangen. Sonja sah, wie sie leise auf Wolf einsprach. Sein tiefes, kurzes Männerlachen drang an ihr Ohr.

Eine Welle der Eifersucht schwappte in ihr hoch, und sie war versucht, ins Wohnzimmer zu gehen und den Arm um Wolf zu legen. Aber das wäre lächerlich gewesen.

»Inga, komm jetzt, wir müssen los«, rief Karin.

Wolf stand auf, holte seinen Rezeptblock aus einer Schublade in der Küche, schrieb irgend etwas darauf und gab Inga den Zettel.

Es machte Sonja rasend, daß Inga immer Vertraulichkeiten mit ihren Männern austauschte. Sie nahm sich zum wiederholten Mal vor, Ingas Freunde nicht mehr als neutrales Terrain zu betrachten, wie sie das bisher immer getan hatte.

Nur ein einziges Mal hatte sie sich an einem von Ingas festen Männern vergriffen – was in der Gruppe als äußerstes Tabu galt. Es war gut gewesen. Sie dachte immer noch gern daran zurück.

Sie gab Inga pflichtschuldigst einen Kuß und brachte beide zur Tür.

»Was hat Inga denn von dir gewollt?« fragte sie Wolf, kaum daß sich die Tür hinter den Frauen geschlossen hatte.

»Nur ein Rezept für die Pille.«

»Und worüber habt ihr solange geredet?«

»Haben wir?« fragte Wolf erstaunt und fuhr sich durch das blonde Haar, das von silbergrauen Fäden durchzogen war. Wortlos reichte Sonja ihm das Baby. Dann ging sie in die Küche, räumte den Tisch ab und leerte die vollen Aschenbecher aus.

Sie räumte die letzten Gläser in die Spülmaschine. Von der Kirchturmuhr schlug es acht Uhr. Das »Lost Boys« war jetzt noch leer und angenehm. Erst gegen elf Uhr würde es sich füllen, aber mit guten Leuten. Sonntag war ein guter Tag zum Weggehen.

Sie ging ins Wohnzimmer und schaltete den Anrufbeantworter ein. Um zehn Uhr mußte sie Becky stillen und dann wieder um zwölf und um drei und wahrscheinlich noch ein Mal um fünf, und zwischendurch würde Wolf sie vielleicht schnell wickeln. In jedem Fall würde die Nacht eine Baby-Nacht sein, ganz egal, ob es Sonntag, Freitag oder Montag war.

Das ganz dicke Ding
1980

»Ach komm, Sonja, raff dich auf. Sonntag ist immer der beste Tag im ›Scheinwerfer‹.«

Floh hatte recht. Die Eingeweihten blieben samstags zu Hause und sahen fern. Nur das gemeine Volk ging aus. Sonntags aber war man wieder unter sich. Sonntags zwischen zwölf und ein Uhr nachts brodelte es im »Scheinwerfer« wie in einem angestochenen Bienenschwarm.

Sonja erhob sich von der samenverfleckten Küchencouch.

»Glaubst du, daß Hopper da ist?«

»Also, Stefan hat mir erzählt, daß sie jetzt jeden Tag auf Location-Suche gehen und den ganzen Tag auf dem Land herumfahren.«

»Wer ist Stefan?« fragte Sonja. Und woher wußte Floh all diese Dinge?

»Dieser Typ mit den glasigen Augen, der immer das R so rollt, du weißt schon. Er ist der Produktionsleiter, vielleicht sogar der Produzent, so genau weiß ich das auch nicht.«

Meine Güte, vor zwei Jahren noch hatte Floh in der Kleinstadt, aus der sie beide kamen, im Supermarkt gejobbt. Nach Geschäftsschluß ging sie hinüber zu Sonja, die am anderen Ende der überschaubaren Fußgängerzone in einer heruntergekommenen Billardkneipe arbeitete. Unter Ertekins strafendem Blick rauchten sie eine Zigarette zusammen, und Floh flüsterte Sonja ins Ohr: »Du mitkommen Ankara. Heiraten meine Bruder. Große Geschäft für Fotto. Glauben nix Ertekin?«, bis der kleine türkische Besitzer dazwischenging: »Hopp, hopp, Sonja! In die Arbeit nix rauchen und quatschen mit Freundin.«

Und jetzt redeten sie hier über Produzenten und Location-Suche, als sei das die selbstverständlichste Sache der Welt.

»Also ist es unwahrscheinlich, daß er kommt«, stellte Sonja fest und setzte sich auf den Rand der Badewanne, die sich hinter einem am Boden schleifenden Stoffvorhang befand, den sie nur zum Baden oder Duschen zuzogen. Ihre Wohnung lag wegen des Ladens im Erdgeschoß, und immer wieder spähten Spaziergänger interessiert in die Küche.

Floh befühlte die Kleidungsstücke, die an einer quer durch den Raum gespannten Paketschnur hingen.

»Noch feucht, Mist. Ich geh und hol mir etwas aus dem Laden.« Sonja zockelte unschlüssig hinterher. Eine Tür des dunklen Altbauflurs, in dessen Ecken riesengroße Spinnen wohnten, die Sonja und Floh manchmal mit dem Staubsauger verfolgten, führte in den Laden. Im Moment war er vollgeramscht mit geschmacklosen Hawaiihemden, alten Motorradjacken aus knochenhartem Leder, schlechtsitzenden Kunstsatinkleidern aus den fünfziger Jahren und einem Dutzend halbwegs anständiger, doch stark verschmutzter Baseballjacken, auf die Floh zielstrebig zusteuerte. Sie nahm eine Jacke aus blauem Stoff mit einer gelblich verblichenen Zahl darauf von der Stange und schnitt beherzt das Preisschild ab.

»Bist du verrückt? Weißt du, wie viele Schilder hier schon herumliegen? Was ist, wenn Robert plötzlich kommt? Das glaubt der doch nie, das die alle von allein abgegangen sind.« Sonja ärgerte sich. Meistens versuchten sie die an einem Plastikring befestigten Preisschilder irgendwie in die Ärmel zu stopfen, wenn sie Sachen aus dem Laden nahmen. Das Second-Hand-Geschäft gehörte einem Mann aus Hamburg, der die dazugehörige Altbauwohnung billig an sie vermietet hatte, mit der Auflage, daß sie wochentags zwischen drei und sechs Uhr und samstags von morgens bis nachmittags im Laden arbeiteten. Alle sechs Wochen kam er unangemeldet vorbei, brachte neue Ware, kontrollierte die Kasse, schimpfte über die zwei kleinen, dreckigen Verkaufsräume und versuchte Floh und Sonja erst zum Putzen und dann ins Bett zu kriegen. Beides bisher ohne Erfolg.

Floh nahm wortlos die Baseball-Jacke und ging zurück in die Küche. Mißmutig folgte Sonja ihr nach. Ihr häusliches Leben spielte sich fast ausschließlich in der großen Küche ab, in der sich auch die Badewanne und das Waschbecken befanden, das sie zum Geschirrspülen benutzten.

»Hopper ist unberechenbar. Mr. Catch-the-Wind, wenn du mich fragst«, sagte Floh, wahrscheinlich um Sonja abzulenken. Sie begann sich im Spiegel über dem Waschbecken mit dem dreckigen Eßgeschirr zu schminken.

»Vielleicht ist er schwul«, meinte Sonja, warf sich wieder auf die Küchencouch und schloß die Augen. Wenn sie in sein verlebtes Gesicht sah, blieb ihr Herz stehen. Nein, Hopper war nicht schön. Wenn er trank, und das tat er immer im »Scheinwerfer«, sanken seine Lider herab und verdeckten zur Hälfte den stahlkalten Blick wie bei einem lauernden Alligator. Die Frauen, die er abschleppte, waren schlecht geschminkt, geschmacklos angezogen, leicht zu haben. Irgend etwas stimmte da nicht.

»Schwul? Glaub ich nicht. Bi vielleicht. Inga hat's doch auch schon mal mit ihm gemacht.«

»Inga?« Sonja richtete sich auf der Couch auf. »Ist das wahr? Das habe ich ja gar nicht gewußt. Wann denn?«

»Also kurz nach seinem letzten Film – das bleibt aber unter uns, okay? Ich habe Inga hoch und heilig versprochen, nicht darüber zu reden. Ich weiß nicht, wer wen angemacht hat, sie hat sich nicht klar ausgedrückt. Du kennst ja Inga. Mit ihrer Geheimniskrämerei manchmal.«

Sonja war jetzt hellwach. Eine köstliche Zerfahrenheit breitete sich vom Bauch her in ihrem Körper aus, als sei ihr Blut plötzlich dünner geworden. Inga, diese Schlampe. Keinen ließ sie aus. Aber egal. Was Inga schaffte, konnte sie auch. Und Hopper hatte Inga in der Öffentlichkeit nie anders behandelt als sie auch: zärtlich und nachlässig, charmant und abweisend, verführerisch und grausam. Wie jemand, der nichts von Frauen will, aber das überflüssige Talent besitzt, auf ihren Sehnsüchten Klavier zu spielen. Und im »Scheinwerfer« standen sie um ihn herum, Sonja, Inga und ihre Geschlechtsgenossinnen, mit tönernen Körpern und trockenen Mündern und himmelten ihn an, während er sie mit einem Divalächeln und einem Wegwerfen des Kopfes abblitzen ließ. Mr. Catch-the-Wind.

»Floh, ich bin verrückt nach ihm, bitte hilf mir.«

»Ach Sonja, mein Engel, steigere dich nicht so da rein.« Floh zog ihre Freundin an sich, und Sonja ließ sich einen Moment fallen in die Geborgenheit von Flohs Umarmung.

Dann lief sie, vorsichtig, als seien ihre Knie aus Porzellan, über den kalten, dunklen Flur in den Laden, holte sich eine Motorradjacke von der Stange und schnitt das Preisschild ab.

Als sie in die noch kühle Frühjahrsnacht hinaustraten, hing der volle Mond schon wie ein mürber Kürbis über der Stadt. Sie stöckelten schweigend die Straße hinunter, und ihre metallbeschlagenen Absätze klapperten auf dem Pflaster. Nach einer Weile hakten sie sich ein, als müßten sie sich gegenseitig stützen.

Der »Scheinwerfer« lag in einer unscheinbaren Seitenstraße, die von dem großen Flanierboulevard der Stadt abzweigte. Während dort die Touristen auf und ab wanderten, vorbei an den Eisdielen, den Billigboutiquen, den Pizzerias und den Fast-food-Ketten, und sich am Puls der Stadt wähnten, umkreisten sich hier, keine fünfzig Meter entfernt, die hübschesten Mädchen und die wildesten Männer der Stadt wie brünstige Tiere.

Als die silberbeschlagene Tür des »Scheinwerfers« in Sicht kam, ließen Sonja und Floh sich fast gleichzeitig los. Sonja tastete ihre Haare ab, die sie locker hochgesteckt hatte. Die Frisur war im Begriff, sich aufzulösen, was beabsichtigt war. Die herausfallenden Strähnen sollten einen Kontrast zu dem abgeschabten Lederpanzer der Motorradjacke bilden. Floh fegte sich mit einer großen, sinnlosen Geste das halblange Haar aus dem Gesicht, das sofort wieder zurückfiel. Sonja sog das Fleisch ihrer Wangen von innen zwischen die Backenzähne, um die leicht runden Bakken abzumildern und den Eindruck eines schmalen Model-Gesichts zu erzielen. Floh sah sie von der Seite an: »Laß das, Sonny, es sieht affig aus.«

Sonja versuchte, ihre Züge zu entspannen, als sie sich durch die Tür der schlechten Luft, dem Stimmengewirr und der dichtgedrängten Menschenmenge entgegenschwangen. Bob, der Türsteher, zog Floh sogleich in seine Arme. Sie setzte routiniert ihr gutturales Bauchlachen ein. Sie war in ihrem Element.

Die Männer, die in Rudeln nahe der Tür standen, sahen erwartungsvoll zum Eingang. Die beiden Mädchen waren sich ihres Auftritts bewußt. Während Floh die Menge nach bekannten Gesichtern durchkämmte, tauchte Sonja nur hier und da in einen abschätzenden Männerblick ein.

Sie arbeitete sich durch die Menschenkörper. Wenn Hopper da war, stand er immer an der mit silbernen Blechplatten vernagelten Bar, die sich im Halbrund durch den ganzen Raum schwang. Und genau dort befand er sich auch, umringt von Leuten, die Sonja nur zum Teil kannte, vor sich einen Kübel, an dem das Wasser abperlte, mit einer Flasche Champagner. Sonja sog von neuem das Fleisch ihrer Wangen durch die Zähne. Ein Flattern überfiel sie wie ein leichtes Netz, das jemand von oben über ihren Kopf geworfen hatte. Sie konnte sich bewegen, aber sie war nicht frei.

Sie sah sich hilfesuchend nach Floh um, die gerade erst aus den Fängen des Türstehers glitt, und winkte sie zu sich.

»Er ist da. Mir ist schon ganz schlecht. Was soll ich denn jetzt machen?«

»Na, wir gehen einfach hin. Was denn sonst.« Selbstbewußt peilte Floh die Männerrunde an. In diesem Moment hätte Sonja alles für ein Quentchen von ihrer Persönlichkeit gegeben. Alle Männer mochten Floh, liebten sie auf eine deftige, unkomplizierte Art und Weise, die tiefe Leidenschaft und unheilvolle Verstrickung ausschloß. Man tätschelte ihr ganz ungeniert den Hintern oder griff ihr an den Busen, und Floh, zumal wenn sie ein paar Gläser getrunken hatte, wehrte sich zur Entrüstung ihrer Freundinnen nicht einmal dagegen.

»Floh!« Der Kreis der Männer öffnete sich. Nicky Haider legte erfreut den Arm um Floh. Er war ein spargelblasser, schmächtiger Kerl mit Locken, der ab und zu im »Scheinwerfer« Musik auflegte.

Hopper warf den beiden Mädchen einen leicht gelangweilten Blick zu, griff dann aber zu der Champagnerflasche, die vor ihm auf dem Tresen stand.

»Nimm dir ein Glas, Floh. Hier. Und gib auch deiner schönen Freundin eins. Wie heißt sie noch gleich?«

»Sonja.« Sie war schon zermürbt, bevor es überhaupt losging. Was sollte das nun wieder? Kannte er wirklich ihren Namen nicht?

»Hier, Susanne.« Seine Hand schwankte, als er ihr aus der Flasche eingoß. Er trank zuviel.

Floh alberte mit Nicky Haider herum, während Sonja das Glas Champagner hinunterstürzte. Neben ihr stand Raimund, Hoppers Regieassistent und Ingas derzeitige feste Nummer eins. Er trug ein rotes Halstuch auf Cowboyart um den Hals geschlungen, was in dieser Umgebung ziemlich dämlich aussah. Raimund befand sich stets in Begleitung von Männern und war von erschütternder Schweigsamkeit. Sonja suchte nach einem intelligenten Thema, aber Hopper hatte sich schon abgewandt und sprach eindringlich mit einem etwas älteren Mann von teigigem, leicht ungesundem Aussehen, der plötzlich mit der Faust auf den Tresen schlug, daß die Gläser aneinanderklirrten:

»Schwuler Hund, du.« Die Männer lachten anerkennend und einig, als handelte es sich um ein Codewort, das sie zusammenschweißte wie eine verwegene Horde streunender Hunde.

Sonja fühlte sich überfordert. Nicht, weil sie ernsthaft glaubte, auch nur einer der Männer hier sei tatsächlich schwul. Nein, Sonja wußte von Inga – »das bleibt aber unter uns, okay?«–, daß Raimund wunderbar umgehen konnte mit seinem, Inga kicherte auf unnachahmliche Kleinmädchenart, »weißt du, so ein ganz dickes Ding, das man wirklich spürt«. Und Hopper war angeblich jahrelang mit seiner Hauptdarstellerin zusammengewesen. Aber im Moment schienen alle in dieser Runde satt und glücklich und ohne eine andere Begierde als unter sich zu bleiben.

Sonja beschloß weiterzuwandern, Richtung Damentoilette, was die einfachste Art war, sich abzusetzen. Auch Floh, die sich nur äußerst ungern auf eine Gruppe festlegte und den »Scheinwerfer« besonders schätzte, weil sie dort niemals »festsaß«, sondern frei herumschweifen konnte zwischen den drei oder vier Stehtischen und der langen Bar, sah sich schon nach einer Fluchtmöglichkeit um. Doch nun bestellte der Mann mit dem teigigen Gesicht eine weitere Flasche Champagner, und Hopper drehte sich wieder der Runde zu und sagte laut: »Wir trinken auf die Geilheit der Weiber«, und als hätte ein Löwendompteur mit seiner Peitsche geknallt, sprangen Sonja und Floh wieder auf ihre Plätze und machten Männchen, indem sie ihre leeren Gläser hoben.

»Titten auf den Tisch«, flüsterte Floh Sonja ins Ohr.

»Schwänze daneben«, raunte Sonja zurück. Sie kreischten vor Lachen. Die Männer sahen irritiert aus.

»Susanne, du hast ja gar nichts mehr.« Hopper zog Sonja neben sich und sah sie mit glasigen Augen an. Obwohl sie spürte, daß er sturzbetrunken war, zerbrach sie unter seinem Alligatorblick. In ihren kühnsten Visionen war sie stets an seiner Seite, seine Geliebte, seine Beraterin, seine Freundin.

»Schwere Jacke für ein leichtes Mädchen, hm?« Er deutete auf die Motorradjacke, die ihr auf einmal zentnerschwer auf den Schultern lastete.

»Ja, es ist eine Männerjacke.« Nein, so ging es nicht. Große Göttin, betete sie stumm, verleih mir Charme und Witz und Anziehungskraft.

Seine frühen Filme waren Kultfilme gewesen, mit leichter Hand gedrehte, die das Lebensgefühl der Stadt vermittelten wie Erdbeerbowle den Geschmack von Sommer und Gartenfesten.

»Komm, trink noch einen Schluck. Ist ne gute Marke.«

Sonja hielt ihm ihr Glas hin und sah schweigend zu, wie der Champagner darin aufschäumte. Ihr war heiß. Es war immer zu heiß in dem kleinen Lokal mit den vielen Menschen.

»Wie geht es denn voran mit deinem neuen Film?« fragte sie ihn. Fehler. Das hörte sich altklug an. Was wußte sie vom Film?

Sein Kopf knickte seitlich ab zu einer wegwerfenden Geste, und Sonja bemerkte, daß sein Blick den Raum nach einem neuen Gesprächspartner durchstreifte.

»Ach, Susannchen, wenn du wüßtest«, sagte er nur, fast ohne seine vollen, wunderbaren Lippen zu bewegen, als sei Sonja dieser unendlichen Mühe nicht wert.

Genaugenommen wußte sie eine ganze Menge. Sein Stern

sank unerbittlich. Seine letzten zwei Filme waren barer Unsinn gewesen, mutlose, platte Versuche, die alten Erfolge nach dem bewährten Rezept wieder aufzubacken. Gut, er bekam noch das Geld, um neue Filme zu drehen. Aber nur, weil diese Gremien, die die Fördergelder vergaben, eine Beamtenmentalität besaßen. Oder nicht? Das hatte ihr jemand aus dem Geschäft erklärt. Wer einmal am Topf mit den Zuschüssen saß, konnte erst mal eine ganze Reihe schlechter Filme machen, ohne daß deshalb gleich der Geldhahn wieder zugedreht wurde.

Einen kurzen Moment standen sie schweigend nebeneinander und lauschten der Musik. Eigentlich wußte sie nichts über ihn. Nichts. War er ein Lebemann? Ein vom Ehrgeiz Zerfressener, der die Enttäuschung über den schwindenden Erfolg in Champagner ertränkte? Oder ein brillanter Taugenichts?

Es war offensichtlich, daß er nicht vorhatte, mit irgendeinem blonden »Scheinwerfer«-Lärvchen über seine Filme zu diskutieren. Das passierte ihr immer wieder. Sie wurde an die Seite weit älterer, hochinteressanter Männer geschwemmt, weil sie hübsch war und blond und jung, und wenn sie sich dann mit ihnen unterhielt, fehlten ihr plötzlich genau diese zwanzig Jahre Lebensweisheit und Weltgewandtheit. Weitsicht und Erfahrung, welche den Altersunterschied zwischen ihnen ausmachten. Andererseits, wäre sie Anfang Vierzig, stünde sie jetzt überhaupt nicht hier.

»Spielen Hasi und Andreas wieder die Hauptrollen?« fragte sie und ahnte, daß ihn solche Fragen unendlich quälten. Aber worüber sollte sie sonst reden? Das Wetter oder die Fußballbundesliga?

»Ja, ja, Hasi und Andreas«, erwiderte er. Bodenlose Langeweile kroch über sein Gesicht und ließ die Mundwinkel willenlos nach unten sinken. Doch plötzlich leuchtete unter den halbgeschlossenen Lidern ein maliziöses Lächeln auf.

»Entschuldige mich, Süße, ich habe eine Freundin entdeckt, die ich gern begrüßen würde. Wir sehen uns später.«

Sie preßte ihr Glas noch immer an den Körper und stierte mit seltsam trockenen Augen vor sich hin. Schon klar. Er war der Star. Er löste das Gespräch auf, wann es ihm gefiel. Aber er hinterließ dieses Brennen auf ihrer unberührten Haut wie ein Ekzem. Und eine unerfüllte, hungrige Vagina wie eine Erektion nach innen.

Sonja spürte, wie sich ein Blick an ihrem Profil festsaugte und schaute in zwei kühle, blaue Maulwurfsaugen hinter Brillengläsern. Raimund. Das dicke Ding fiel ihr ein, und sie wandte sich irritert ab, um auf die Toilette zu gehen, obwohl diese im »Scheinwerfer« keine wirkliche Zuflucht bot. Es war ein kleiner Raum mit nur einer einzigen, stets maßlos versifften Toilette und einem Licht, das jegliche Ausbesserung des Make-ups zu einer Clowneske gerinnen ließ.

»The thing, the thing«, sang sie sinnlos vor sich hin, nur um nicht über die katastrophale Begegnung zwischen Hopper und ihr nachdenken zu müssen.

»Sonja, bist du das?« fragte eine Stimme hinter der Toilettentür.

»Oh, Floh, laß mich rein.« Floh öffnete wortlos die Tür und schloß wieder hinter Sonja ab. Sie zog sich die Hosen hoch, während Sonja sich aus ihrer engen Jeans schälte und sich dann bemühte, den Po möglichst einen halben Meter über der verschmierten Brille zu halten.

»Wie war es?« fragte Floh.

»Ach, beschissen.«

»Er ist nicht gut drauf im Moment, hat Andy mir erzählt.«

»Wer ist Andy?«

»Der Freund von Raimund, der mit den kleinen Füßen. Er macht Tontechnik bei Hopper.«

»Was hat er denn gesagt?«

»Es läuft wohl nicht so gut. Die Stimmung im Team ist mies.« Floh setzte eine wichtige Miene auf, während Sonja sich wieder in ihre Jeans quälte. Es war lächerlich. Was kümmerten sie sich um diese Dinge? Fragte sie etwa jemand, wie es mit ihrer Seminar-Arbeit in Politologie über die »Pariser Verträge« lief?

Floh lieh sich zehn Mark von Sonja, weil sie ihre Tasche verlegt hatte, und sie gingen wieder hinaus. Sie schoben sich langsam durch das Gedränge, ohne ein rechtes Ziel. Es war Viertel vor eins, und im »Scheinwerfer« lagen Alkohol und Sex und Torschlußpanik in der Luft. Nicky Haider war an den Plattenteller gegangen, um »Sexual Healing« aufzulegen, und die Menge wiegte sich in der Illusion, die Nacht berge Wärme und Leben und erotische Abenteuer für sie. In einer Viertelstunde würden sie alle draußen auf der Straße stehen, wo der betäubende Sauerstoffgehalt der Luft ihren Rausch zerfetzte und die Einsamkeit schon über das Pflaster trieb, um sie zu packen und nach Hause zu schleifen.

In Endzeitstimmung liefen die Gäste des »Scheinwerfers« zur Höchstform auf. Noch genau fünfzehn Minuten, um dem nächtlichen Schicksal eine unerwartete Wendung zu geben. Überall wurden Drinks geordert. Auch Floh ließ Sonja an einem der runden Stehtische zurück, um zwei Gin-Tonic zu besorgen.

Sonja sah sich nach Hopper um und fand ihn schließlich mit dem Rücken an der Wand, halb verdeckt vom Körper einer Frau in einer quietschroten Lederhose, die das rechte Bein am Knie abgewinkelt hielt, während sie sich küßten wie in einem schlechten Boulevardtheaterstück. Sie trug eine weite, durchsichtige Bluse, durch die man den Verschluß eines schwarzen Büstenhalters erkennen konnte, und der erhobene Fuß steckte in einer silbernen Sandalette mit schwarzen Seidenstrümpfen. Wenn sie keine Nutte war, so hatte sie zumindest alles getan, um so auszusehen.

Nach einer Weile nahm die Frau den Fuß wieder herunter, und ihr flacher Hintern stieß im Rhythmus der Musik vor und zurück, als sei sie der Typ. Hopper hielt die Augen geschlossen. Sein Mund, in dem gerade noch die Zunge der Frau gesteckt hatte, hing halb offen. Er schien sich dem Zustand der Bewußtlosigkeit zu nähern. Sonja beobachtete die beiden wie ein wunderliches, leicht abstoßendes Insektenpaar beim Kopulieren. Sie empfand nichts, außer einem Anflug von Ekel.

Floh kam mit den Getränken zurück. Sie hatte die Paarung schon entdeckt.

»Sonnylein, so ein Scheißkerl. Mach dir nichts draus.«

Sonja blickte sich mit vollkommener Ruhe im Raum um. Morgen würde sie darüber nachdenken. Nicht jetzt. Jetzt hatte sie nur noch knapp zehn Minuten Zeit.

Sie schnappte sich ihr Glas und durchpflügte die Bar. Sie fand Raimund ganz in der Nähe der kleinen Kabine, in der Nicky Haider Musik auflegte. Er spielte »Total Control«, einen Song von den »Motels«, und Raimund, den Sonja noch nie bei einer unkontrollierten Äußerung, Bewegung oder Emotion erwischt hatte, wippte ganz zart dazu mit dem Fuß. Sie stellte sich direkt neben ihn. Es hatte keinen Zweck, darauf zu warten, daß er sie ansprach. Sie neigte sich zu seinem Ohr: »Ist das ›Blondie‹?«

Er war entsetzt. »Nein, das ist die neue von den ›Motels‹!«

»Ich habe keine Ahnung von Musik«, gab sie freimütig zu. Und fuhr leichthin fort: »Frauen wie ich sind zu nichts zu gebrauchen.«

»So?« Er schien amüsiert.

»Ja. Man sollte ihnen die Haare auflösen, damit sie den Kopf wieder bewegen können.«

Er war verblüfft.

»Man sollte ihnen die Schuhe mit den hohen Absätzen ausziehen, damit sie wieder laufen können.«

»Und was noch?«

»Dann sollte man ihnen die Beine spreizen. Vielleicht sind sie doch zu irgend etwas zu gebrauchen.«

Er reagierte schnell. »Zu dir oder zu mir?«

Sonja dachte an Floh und dann an Inga, und für eine Sekunde lähmte ihr die Ungeheuerlichkeit des Betrugs die Zunge. »Zu dir«, sagte sie knapp.

An der nächsten Straßenecke winkte Raimund nach einem Taxi, und Sonja ließ sich erleichtert in die Polster fallen. Sie würde sich etwas ausdenken müssen für Floh. Inga war bei ihrer Familie, in einem verschlafenen Nest im Norden des Landes, wo sie ihre kranke Oma pflegen mußte. Raimund saß schweigend neben ihr. Er machte nicht den Versuch, den Arm um sie zu legen, und Sonja war ihm dankbar dafür.

Das Taxi hielt vor einem alten Mietshaus. Sie mußten einen dunklen Hof durchqueren, in dem die Abfalltonnen standen, und stiegen dann in einem Hinterhofhaus mehrere Stockwerke hoch, bis sie zu einer zerkratzten Eisentür kamen. Für diese besaß Raimund einen eigenen Schlüssel. Eine Holzstiege führte sie in ein winziges Dachzimmer. Sie setzte sich auf das breite ungemachte Bett am Fußboden, während Raimund in aller Ruhe eine Platte auswählte. Das Zimmer bestand fast nur aus dem Bett und einer riesigen Plattensammlung. Es roch nach Zigaretten und Essig und Staub und Männerschweiß, und Sonja überfiel eine plötzliche Panik vor Raimunds unbekanntem Körper und seinem berüchtigten »Ding«.

»Wo ist die Toilette?« Er zeigte auf die einzige Tür, außer der, durch die sie gekommen waren, und Sonja verschwand erleichtert in dem kleinen Raum. Sie mußte gar nicht zur Toilette. Aber es war ein Trick von ihr, in fremden Wohnungen als erstes das Bad auszukundschaften; Bäder gewährten erstaunliche Einsichten in das Leben eines Menschen.

Sie stieß, im Gegensatz zu dem eher nachlässig gepflegten Raum, aus dem sie gerade gekommen war, auf ein blitzsauberes Waschbecken und eine ebenso makellose Badewanne. Etwa ein Dutzend schön geformter Flaschen After-shave und Männerparfüm, durchgehend teure Marken, befanden sich auf dem Fensterbrett des schrägen Dachfensters. Auf der Porzellanablage unterhalb des Spiegels über dem Waschbecken lagen neben einem Päckchen Zigaretten, eine Familienpackung Wattestäbchen, eine Feuchtigkeitslotion und eine Haarkur gegen Schuppen. Er rasierte sich mit einem einfachen silberschwarzen Naßrasierer, besaß aber keinen Rasierpinsel, der für Sonja den Inbegriff von Männlichkeit symbolisierte.

Ihr Vater benutzte so einen dicken Pinsel, mit dem er sich vor dem Rasieren das Gesicht einschäumte. Als kleines Mädchen hatte sie ihn immer höchst fasziniert dabei beobachtet, bis er ihr eines Tages erklärte, daß sie froh sein könne, kein Mann zu sein und sich nicht jeden Tag rasieren zu müssen. Das traf sie wie ein Messerstich. Obwohl er sich fast nur um seine Geschäfte kümmerte, besaß ihr Vater ein feines Menschengespür. Von jetzt an seifte er ihr kleines Gesicht manchmal mit dem buschigen Pinsel ein, der ihr in der Nase kitzelte, und sie sog beglückt den feinen, männlichen Geruch des Rasierschaums ein.

Der langgezogene Reggae-Rhythmus von »Sexual Healing« stieg jenseits der Badezimmertür auf wie ein geduldiges Bitten. Sie verließ das Badezimmer und lächelte Raimund an, der immer noch vor seiner Plattensammlung kniete. Sie hatte keine Duschhaube, keine Gesundheitslatschen, keinen Stapel Männermagazine, kein feuchtigkeitsspendendes Toilettenpapier, keine Tabletten gegen Sodbrennen gefunden. Der Mann war in Ordnung.

Sie kniete sich neben ihn, und er nahm ihren Kopf in seine Hände und küßte sie, und sie spürte, wie er ihr dabei mit geschickten Händen das Haar löste. Es gefiel ihr, daß er die Initiative übernahm, nicht darauf wartete, verführt zu werden.

Wie die meisten Mädchen ihrer Generation hatte sie gelernt zu jagen. Aber sobald sie die Beute zwischen den Fängen hielt, sollten sich die Rollen umkehren, und sie wollte lieber aufgerissen und erlegt werden als selber erlegen. Raimund streifte ihr die schwere Lederjacke ab, ihr Haar fiel offen über den Rücken, und sie fühlte sich verantwortungslos und leicht. Sie schloß die Augen und überließ sich seinen Bedingungen.

Er bettete sie angezogen auf sein Bett, und Sonja hörte, daß er sich auszog. Als sie ihn wieder spürte, war er nackt über ihr, und sie ertastete seine Flanken, die stark waren und geschmeidig. Sein »Ding« drückte auf die Jeansnaht über ihrem Schambein, und sie war beglückt über seine Kraft und gleichzeitig beunruhigt, daß er sie mißbrauchen könnte. Er rollte sie auf die Seite und faßte ihre zwei Arme nach hinten zusammen. Sie vernahm das Klirren von Ketten und fühlte, wie ein Eisenring sich um ihr Handgelenk schloß und dann ein zweiter um die andere Hand. Ein zarter Schweißfilm legte sich über ihr Gesicht und den ganzen Körper, während sie dalag und auf das Eintreffen eines Schmerzes wartete. Dann drehte Raimund sie wieder auf den Rücken, und sie lag mit durchgebogenem Kreuz auf ihren Armen.

»Bitte, tu mir nichts«, sagte sie.

»Warte.« Er zog ihr die hochhackigen silberblauen Schuhe aus und stellte sie ordentlich nebeneinander unter den einzigen Stuhl im Raum. Dann öffnete er den Reißverschluß ihrer Jeans und zog an jedem Hosenbein. Sie hatte jetzt nur noch ein weißes T-Shirt und einen knappen weißen Baumwollslip an. Er streifte ihr weißes T-Shirt hoch, zog auch den Slip herunter und fuhr mit einer einzigen

Handbewegung über ihre Brust und die durch die Streckung nach hinten stark gewölbten Rippenbögen, über den Bauch, die Scham und die Beine bis hinunter zu den Zehenspitzen.

»Großer Gott, du bist zu gebrauchen«, sagte er bloß, spreizte ihre Beine, setzte seine beiden Lippen an ihre Schamlippen und begann darauf zu blasen wie auf einer Trompete, gerade als sie anfangen wollte zu schreien. Statt dessen blieb sie mucksmäuschenstill und horchte verblüfft auf das unvertraute Geräusch, das seine Lippen auf ihrer Klitoris erzeugten. Es war ein merkwürdiges, peinliches Trompeten, das die Musik übertönte. Sie versteifte sich und versuchte die Beine zu schließen.

Er blickte kurz auf und massierte ihr sanft den Bauch.

»Entspann dich. Versuch es. Du wirst sehen.«

Sie war vollkommen durcheinander; wahrscheinlich hätte sie sich bei einer Vergewaltigung besser zurechtgefunden. Was hatte er vor? Wollte er sie zum Orgasmus zwingen?

Eine Weile lang lag sie starr auf dem Rücken und versuchte sich gegen den langsam aufsteigenden Kitzel zu wehren. Aber während sie sonst oft ihre Phantasie zur Hilfe rief und sich ganz auf den Sog der inneren Bilder verließ, um sich hochzuhangeln zu den Gipfeln der Lust, preschte jetzt ihr Körper allein voran. Das Blasen seiner Lippen auf ihrer Klitoris erzeugte ein feines Schwingen, ein unendlich zartes Vibrieren, das ihre gesamte Vagina elektrisierte und sie weiter und weiter öffnete, bis ihr, halb ohnmächtig vom Kampf mit den dunklen, geballten Gewalten der Wollust, ein tiefer, beinahe schmerzhafter Orgasmus die Beine verschloß.

Sie drehte sich keuchend zur Seite, um zu Atem zu kommen. Aber Raimund war noch nicht fertig mit ihr. Er rollte sie zurück auf den Rücken, spreizte erneut ihre Beine und drang mit einem tatsächlich überdurchschnittlich großen Glied langsam in sie ein. Jetzt, da sie wieder an Klarheit gewann, erkannte sie, daß alles, was er tat, eine tiefe Richtigkeit besaß. Sie war vollkommen naß und weit und bereit, ihn aufzunehmen wie aufgelockerte Erde den Regen.

Als er fertig war, löste er ihre Handschellen, und sie lagen nebeneinander, ohne sich zu berühren. Es gab nichts zu sagen. Sie wußten beide, daß es gut gewesen war und daß es keine Wiederholung geben würde.

Der Mond klebte aufgeweicht und bleich am heller werdenden Morgenhimmel, als Sonja ins wartende Taxi stieg. Die Stadt begann sich zu regen mit dröhnenden, orangefarbenen Reinigungsfahrzeugen, die wie schwerfällige, über ihr Los empörte Putzfrauen vor dem Mercedes herkrochen. Hier und da standen Besitzer von Hunden unter den verdreckten Bäumen und warteten ergeben auf den Stuhlgang ihres Haustiers. In den Bäckereien brannte bereits Licht. Auch der Second-Hand-Laden, vor dem sie schließlich anlangten, wirkte hell und offen. Sie hatten wieder vergessen, die Eisengitter herunterzulassen.

Sonja ließ den Taxifahrer, einen mißgelaunten alten Mann, der sie die ganze Fahrt über mit unverhohlener Geringschätzigkeit im Rückspiegel betrachtet hatte, vor dem Haus warten. Sie besaß keinen Pfennig mehr und hoffte gegen jede Wahrscheinlichkeit, daß Floh noch etwas Geld hatte.

Das Küchenfenster war hell erleuchtet. Mechanisch sah Sonja hinein. Floh saß splitternackt auf der Couch, neben sich am Tisch einen vollkommen angezogenen Mann.

Als sie die Wohnungstür öffnete, hörte sie Flohs Schluchzer und stürzte in die Küche. Floh ließ sich in ihre Arme fallen und weinte hemmungslos. Der Fremde saß ungerührt vor einer halbleeren Flasche Wein und drehte sich eine Zigarette.

»Floh, mein Engel, was ist denn nur los?«

»Ach, es ist furchtbar, ganz entsetzlich«, greinte Floh, die offensichtlich schwer betrunken war, und überließ sich hingegeben einem neuerlichen Strom von Tränen, der in zwei wimperntuscheschwarzen Bächen über ihre Wangen floß.

»Ja, aber was ist denn passiert?« fragte Sonja erneut und wandte sich instinktiv an den Mann am Küchentisch, der zumindest halbwegs nüchtern wirkte.

»Halb so schlimm«, sagte der Mann mit einer abwinkenden Geste und leckte am Zigarettenpapier.

»Also los, Floh, erzähl schon, was geschehen ist!«

»Als wir nach Hause kamen, Thomas und ich« – Sonja nahm schweigend zur Kenntnis, daß es sich um den Fremden handeln mußte – »wollten wir noch etwas Wein holen. Deshalb nahm ich kurz den Mercedes von Robert.«

»Du Wahnsinnige«, sagte Sonja tonlos. Der Ladenbesitzer war nach seinem letzten Kontrollbesuch wieder abgereist und hatte dabei die Schlüssel für seinen Wagen im Geschäft gelassen.

»Sonny, ich hatte fast nichts getrunken. Höchstens zwei Glas Wein. Und den Gin-Tonic habe ich sogar zur Hälfte stehenlassen. Ich habe keine Ahnung, wie es passiert ist.«

»Gut, gut. Und dann?«

»In dieser ekligen, kleinen Stichstraße da vorn habe ich beim Wenden zwei oder drei Autos geschrammt.«

»Fünf«, meinte der Typ am Küchentisch und blies sinnend eine Rauchwolke aus.

»Was meinst du mit ›geschrammt‹?« fragte Sonja.

»Na ja, so entlanggeschrabbt. Ich bin gar nicht erst ausgestiegen. Ich glaube, es war nicht so schlimm.«

»Und dann?«

»Bin ich sofort nach Hause gefahren. Aber es hat mich keiner gesehen«, sagte Floh und goß sich ein Glas Wein ein.

»Und was ist mit Roberts Mercedes?«

Zum ersten Mal regte sich Leben im Gesicht des Mannes mit der selbstgedrehten Zigarette.

»Halb so wild. Das schleift man ein wenig ab und lackiert dann mit einem Speziallack drüber. Den Kotflügel muß man allerdings ausbeulen. Aber das is' in 'nem halben Tag erledigt. An Materialkosten kost' euch das zwei Blaue. Auf die Kraft.« Der Typ kam richtig ins Quasseln.

»Thomas will das vielleicht für uns machen«, sagte Floh, die sich langsam beruhigte. »Er hat früher mal als Automechaniker gearbeitet.« Sie saß mit hochgezogenen Beinen, um die sie beide Arme geschlungen hatte, in einer Ecke der Couch und kämpfte mit einem Schluckauf.

Ein Schatten fiel durch die Scheibe. Der brummige alte Taxifahrer stand davor und klopfte gegen das Fenster. Floh stand auf, gönnte dem Mann dabei den vollen Anblick ihrer schweren Brüste und der schwarzen, wolligen Schamhaare und zeterte empört: »Seht euch diesen Spanner an. Die werden doch immer dreister.« Dann lehnte sie sich an die Scheibe und rief laut: »Zieh Leine, Rumpelstilzchen. Zack, zack! Oder ich hole die Polizei.«

»Floh, halt die Klappe. Das ist mein Taxi.« Sonja winkte höflich und warf dem Fahrer durch die Scheibe ein vertrauenerweckendes Lächeln zu.

Der Taxifahrer wandte sich mißtrauisch, aber ungerührt vom Fenster ab und stapfte um das Haus herum zum Haupteingang. Dann klingelte er lang und beharrlich zwei- oder dreimal an der Tür.

»Hast du noch Geld irgendwo, Floh?«

»Ich glaube nicht. Ich konnte meine Tasche im ›Scheinwerfer‹ nicht finden. Zum Glück hatte ich die Hausschlüssel in der Jackentasche. Leih dir doch einfach etwas aus der Ladenkasse. Aber gib ihm ja kein Trinkgeld, Sonny! So ein mieses, kleines Schwein.«

Sonja lief in den Laden. Sie bewahrten das eingenommene Geld in einer einfachen schwarzen Lederbörse in einer verschlossenen Schublade auf. Robert hatte sie angewiesen, es jeden Tag zur Bank zu bringen, aber meistens verstrichen zehn, vierzehn Tage, bis sie dazu kamen. Sie nahm fünfzig Mark aus der Börse und lief zur Haustür.

»Hier!« Sonja hielt dem Taxifahrer das Geld unter die Nase.

»Also so geht's ja nicht, mein Fräulein. Kommen Sie mal mit«, sagte er im Tonfall einer Amtsperson. Sie folgte ihm zurück zum Taxi, wo er den immer noch tickenden Zähler abstellte.

»Achtunddreißig Mark bekomm ich dann von Ihnen«, sagte er, und seine Stimme troff vor Verachtung. Sonja sah ihm gerade und fest in die Augen. Vielleicht waren sie wild und liederlich, soffen Wein wie Fruchtsaft und rollten sich in der Fleischeslust. Das waren die Werte, mit denen sie aufgewachsen waren. Das war es, was die Rockmusik sie gelehrt, was das Kino ihnen gezeigt, was Werbung und Zeitschriften ihnen beigebracht hatten. Und das war es, was sie angenommen hatten, unabhängig von jeder elterlichen Moral, mit der gleichen Unschuld, mit der Kinder zu den Süßigkeiten greifen, die man ihnen unter die Nase hält.

Er war mit den Idealen eines Massenmörders großgeworden – das bot keinen Anlaß für Überheblichkeit. Sie maß den Taxifahrer mit einem kühlen Blick, drehte sich auf dem Absatz um und stöckelte zurück ins Haus. Als er an der nächsten Ampel abgebogen war, kam sie wieder heraus und suchte die Straße nach Roberts Mercedes ab. Er stand zur Hälfte auf einem Fußgängerüberweg etwa hundert Meter vom Laden entfernt und hatte tatsächlich nur einen leicht verbeulten Kotflügel und einige Schrammen an der Seitentür.

Wieder einmal hatte ein Bataillon von Schutzengeln über Floh gewacht. Wenn sie schon im Suff gegen andere Autos fahren mußte, dann schien ein gnädiges Schicksal wenigstens dafür zu sorgen, daß ein Automechaniker in ihrem

Fahrzeug saß, welches selbstverständlich am wenigsten beschädigt wurde.

Sie ging zurück in die Wohnung, aber die Küchentür war von innen verriegelt: Floh war schon mit der Schadensregelung beschäftigt. Sonja zog sich ins Schlafzimmer zurück, wo Floh und sie gemeinsam in einem großen Bett schliefen. Aus Gründen, die sie nicht genauer hätten definieren können, war dieses Bett reines, asexuelles Terrain, in das sie sich nur eingecremt und in dicken Schlafanzügen begaben, und je häßlicher sie dabei aussahen, desto besser fühlten sie sich. Männerbesuch wurde ausnahmslos in der Küche empfangen.

Sonja fühlte sich elend. Ihr Make-up war auf dem Gesicht festgebacken, und die Wimpern klebten aneinander. Zwischen ihren Beinen hatte sich ein feuchter Morast gebildet, in dem sich der Geruch des fremden, männlichen Samens mit ihrem eigenen zu einem betäubenden Aroma mischte. Eine Ahnung von Tod und Leben, Werden und Verwesung lag darin. Sie schloß die Augen und versuchte zu schlafen. Der Berufsverkehr hatte jetzt mit voller Macht eingesetzt. Die schweren Lastautos, die an der Erdgeschoßwohnung vorbeidonnerten, brachten die verzogenen Holzrahmen der Doppelfenster zum Klappern und die Scheiben zum Vibrieren. Ein zarter Kopfschmerz pochte hinter ihren Schläfen.

Als sie das Telefon hörte, glaubte sie noch nicht geschlafen zu haben. Sie wankte auf den Flur und hob den Hörer ab. Inga war dran.

»Na, bist du wieder zurück? Wie war es denn?« fragte Sonja und bemühte sich, warm und natürlich zu klingen.

Inga hatte die entnervende Angewohnheit, sich jedes Wort aus der Nase ziehen zu lassen. Sie rief zwar an, aber wenn man ihr keine Fragen stellte, entstanden lange Gesprächspausen, die Sonja nervös machten.

»Ich bin vollkommen erledigt. Aber bitte red nicht mehr davon. Ich habe sowieso schon ein Trauma.«

Eine Pause entstand, Sonja resignierte. »Wann bist du denn zurückgekommen?« fragte sie höflich.

»Heute mittag. Burkhard hat mich mitgenommen.«

»Welcher Burkhard?«

»Ach, Sonja, Driest natürlich, du weißt schon.«

»Burkhard Driest? Woher kennst du den denn?«

»Habe ich neulich abend zufällig kennengelernt. Seine Mutter wohnt in einer Stadt ganz in der Nähe von meinen Eltern, und er wollte sie besuchen. Und da habe ich ihn gefragt, ob er mich nicht von dort aus mitnehmen kann.«

Inga hielt sich immer bedeckt, wenn es darum ging, wen sie wo und vor allem auf welche Art und Weise kennengelernt hatte. Es lag ihr fern, mit ihrer Promiskuität zu prahlen, und man konnte davon ausgehen, daß sie ihre Abenteuer eher verschleierte als offenlegte. Andererseits bildeten Männer den eigentlichen Inhalt ihres Daseins, so daß es für sie kaum ein interessanteres Thema gab. Sonja fand sich also mit Ingas vagen Auskünften ab. Früher oder später würde eine von ihnen die dazugehörige Geschichte erfahren. Und damit wußten es praktisch alle.

Wieder entstand eine kleine Pause.

»Sag mal, wie spät ist es eigentlich?« fragte Sonja.

»Es muß so auf vier Uhr zugehen«, antwortete Inga.

»Was? So spät? Du liebe Zeit, ich muß den Laden aufmachen. Eigentlich ist Floh heute dran, aber ich glaube nicht, daß sie es packt.«

»Ihr habt wohl gesumpft letzte Nacht. Wo wart ihr denn?«

Genau das hatte Sonja verhindern wollen.

»Ach, wir waren nur im ›Scheinwerfer‹.«

»War jemand Bekannter da?«

Damit war der Fragenkatalog eröffnet, den jedes Mitglied

der Stöckelschuh-Mafia nach bestem Wissen und Gewissen zu beantworten hatte.

»Nur Hopper mit ein paar Leuten aus dem Team«, antwortete Sonja wahrheitsgemäß.

»War Raimund auch da?«

»Ja, ja. Er stand mit Hopper und ein paar anderen Leuten zusammen.«

»Hat er mit irgend jemand gesprochen?«

»Nein, nur mit Nicky Haider, glaub ich.«

»War irgendeine Milli dabei?«

»Nein. Nur Floh und ich.«

»Hast du mit ihm gesprochen?«

»Ja, ganz kurz.«

»Hat er nach mir gefragt?«

»Eigentlich nicht. Du weißt doch, wie er ist.«

»Na ja, es hätte ja sein können.«

»Seid ihr noch irgendwo anders hingegangen?« Sonja kannte den gesamten Fragenkatalog und wußte, wie wichtig es war, ihn aufs genaueste zu beantworten. Aber sie war mit ihren Nerven am Ende.

»Laß uns heute abend weitertelefonieren, Inga, ich muß den Laden aufmachen.«

Sie legte auf und beschloß, sich Zugang zur Küche zu verschaffen, ohne Rücksicht auf Floh und den ehemaligen Automechaniker. Sie wollte sich die verräterischen Spuren ihrer Nacht mit Raimund von der Seele spülen und brauchte dringend eine Dusche. Inga war manisch eifersüchtig, was für die drei Freundinnen, die über ihr breit gestreutes Sexualleben ziemlich genau Bescheid wußten, nicht immer leicht zu verkraften war.

Dennoch gab es keine Entschuldigung für Sonja; Raimund galt als Ingas fester Freund. Wenn es herauskam, konnte sie sich einen Strick kaufen. Karin wäre entsetzt, nicht einmal Floh würde Verständnis haben. Und Inga, die äußerst moralisch sein konnte, wenn es nicht um ihre eigene Haut ging, würde ihr diesen Betrug an die Stirn heften und auf die Steinigung von Sonja, der Hure, dringen.

Das Telefon klingelte wieder, gerade als sie gegen die Küchentür bollern wollte.

»Hallo, Sonja, hier ist Raimund. Hab ich dich geweckt? Ich wollte dir nur sagen, daß es schön war und daß ich dich gern wiedersehen würde. Vielleicht heute abend.«

Es war der längste Satz, den sie je von ihm gehört hatte.

»Nein«, sagte Sonja nur. »Nein.«

Das Mutterschiff
1988

Montag. Montag war ein guter Tag für Sonja. Montags stand die ganze Welt wieder offen. Egal, wie früh Becky sie aus dem Bett trieb, der Bäcker an der Ecke machte schon um sechs Uhr morgens auf, und sie konnte hinunter auf die Straße laufen und Brötchen holen. Die Morgenluft schmeckte nach Abgasen. Sonja schlug sich den Schal vor den Mund und atmete die Luft so flach wie möglich ein. Der Berufsverkehr würde erst in drei, vier Stunden abschwellen, so gegen elf, wenn sie mit Becky ihre erste Einkaufsrunde im Viertel drehte. Sie lief schnell, leicht und beschwingt und genoß den Luxus, allein zu sein. Beim Bäcker standen nur Berufstätige, die es eilig hatten, und sie reihte sich zwischen ihnen ein.

Es gab in ihrem Stadtviertel kaum Kinder. Die meisten, die hier wohnten, waren gutverdienende Singles oder berufstätige, kinderlose Paare, die sich die teuren Altbauwohnungen leisten konnten. Von den wenigen Müttern mit Baby, die Sonja bislang kennengelernt hatte, waren zwei schon hinausgezogen in die Vorstadtsiedlungen, wo es winzige Reihenhäuser mit einem Grünstreifen davor zu kaufen gab, die sie noch abbezahlen würden, wenn ihre Kinder schon die Schule verließen. Dort könne man andere Mütter mit Babys finden, argumentierten die Frauen, und im Sommer sollten die Kinder zusammen im Garten spielen. Sie nannten den Grünstreifen »Garten«, und ihre ehrgeizigsten Pläne betrafen das Ausbrüten eines zweiten Kindes, und Sonja war erstaunt, daß alles immer noch genauso war wie vor zwanzig Jahren.

Sie hastete mit der Brötchentüte in die Wohnung zurück. Wolf hatte mit Becky auf dem Arm den Frühstückstisch gedeckt. Das tat er jeden Morgen. Als sie noch arbeitete, war die Hausarbeit immer geteilt worden zwischen ihnen. Aber jetzt, da sie den ganzen Tag mit Becky zu Hause war, verbrachte sie viel mehr Zeit mit Waschen, Einkaufen und Aufräumen als Wolf.

»Wir haben keine Milch mehr«, sagte Wolf, »hast du zufällig welche mitgebracht?«

»Nein«, erwiderte Sonja, »du könntest auch mal wieder an diese Dinge denken. Ich komme mir schon vor wie eine richtige Hausfrau.«

Wolf nahm sie in den Arm. »Sei nicht böse. War nicht so gemeint. Heute mache ich die Einkäufe, noch bevor ich in die Praxis fahre, okay?«

»Nein, nein, laß nur. Ich muß ja sowieso mit Becky raus, dann ist mir schon lieber, wenn ich etwas zu tun habe.«

Sie brauchte irgendeine Aufgabe, um ihrem Tag eine Struktur zu geben. Aber heute besaß sie zum Glück ein Programm.

»Becky hat einen Termin beim Kinderarzt. Die ›U4‹ oder ›U5‹, ich weiß nicht genau, eine dieser Vorsorgeuntersuchungen auf jeden Fall.«

»Schön, schön. Dann habt ihr ja etwas vor.«

»Ja«, sagte Sonja sarkastisch, »so kann man es auch sehen.«

In dem kleinen, schlecht geführten Supermarkt, den es auf ihrer Straße gab, kaufte Sonja Milch und Wurst ein. Dann schlug sie in gemächlichem Tempo den Weg zum Kinderarzt ein.

Das Wartezimmer war voller Mütter mit schniefenden, hustenden Kleinkindern. Väter hatte sie hier noch nicht zu Gesicht bekommen. Sonja hob Becky aus dem Wagen und setzte sich neben eine aus der Form geratene Endzwanzigerin in Jogginghosen, die einen einjährigen Jungen mit Rotznase auf ihren Knien wippen ließ. Bis auf eine Frau mit einem schmalen, langen Gesicht, deren Beine in pinkfarbenen gefütterten Gummistiefeln steckten und die ein ungewöhnlich pausbäckiges Baby im Raum umhertrug, hoben sich die Mütter kaum von dem mausgrauen Hintergrund des Wartezimmers ab.

Sonja fragte sich, ob diese Frauen einem biologischen Gesetz gehorchten. Möglicherweise war es in der Natur ja sinnvoll, wenn sich die Weibchen, die sich um die Aufzucht der Jungen kümmern mußten, so farblos und asexuell wie möglich gaben, um den ewig triebhaften Männchen das Liebesleben zu vergällen und so einer erneuten Schwangerschaft vorzubeugen. Die Natur konnte schließlich nicht ahnen, daß der Mensch Verhütungsmittel erfinden würde.

Andererseits machten die Frauen nicht den Eindruck, als hätten sie in drei oder fünf Jahren ein Coming-Out und schwängen sich dann zu bleistiftschmalen Röcken und Pumps mit Absatz auf. Nein, sie wirkten, als hätten sie es sich ein für allemal gemütlich gemacht in verwaschenen Blusen und weiten Hosen und praktischen Popelinmänteln mit möglichst vielen Taschen für Schlüssel und Schnuller und Tüten mit Gummibärchen und aufgelesenen Kastanien.

»Der Nächste bitte.« Die Wartenden sahen Sonja, die aufsprang, mit stumpfen Augen an. Im Vergleich zu den messerscharfen Augen der Szene-Frauen, glichen die Blicke der Mütter hier denen einer friedlichen Kuhherde, die eine exotische Artgenossin in Augenschein nimmt.

Die Sprechstundenhilfe, eine Frau in den Fünfzigern, die Sonja stets wie ein dummes Schulmädchen behandelte, das seine Hausaufgaben nicht gemacht hat, führte Sonja in eines der zwei Behandlungszimmer.

»Sie können das Kind schon freimachen«, sagte sie barsch.

Sonja bemühte sich, Becky so schnell wie möglich aus der Babykleidung zu pellen, ohne ihr für den Rest der Untersuchung die Laune zu verderben.

»Was wiegt die Kleine jetzt?«

»Ich weiß es nicht«, sagte Sonja. »Ich wiege sie nicht.«

Die Sprechstundenhilfe verzog das Gesicht. »Na, das haben wir gleich«, sagte sie dann und legte Becky auf die kalte Waagschale, während Sonja nervös beobachtete, wie sich ihr kleines Babymündchen zum Weinen verzog. Wenn sie einmal damit anfing beim Arzt, gab es nichts, was sie wieder herausreißen konnte.

»Was kriegt sie denn zu essen?« fragte die Sprechstundenhilfe mit Inquisitorstimme.

»Vollgestillt«, sagte Sonja pampig, die sich die Terminologie des Kinderarztes angeeignet hatte.

»Dann schauen wir mal, wie ihr das bekommt.«

Übersetzt lautete der Satz: »Seien Sie mal nicht so sicher, daß Sie genug Milch haben, um sie satt zu bekommen«, denn Frauen ihres Alters betrachteten Muttermilch als eine suspekte Sache und setzten ihr Vertrauen lieber in Flaschenkost und die Erkenntnisse der Pharmaindustrie.

Sie verriet Sonja das Gewicht des Babys nicht, sondern trug es schweigend in das gelbe Heft der Vorsorgeuntersuchung ein.

»Der Stuhl ist in Ordnung? Weich, locker, zieht keine Fäden?«

In diesem Moment kam der Arzt herein, und Sonja sagte strahlend: »Ja, alles ganz wunderbar«, obwohl sie keine Ahnung hatte, ob Beckys Aa Fäden zog oder nicht; sie hatte es noch nicht ausprobiert. Taten andere Mütter das?

Der Arzt untersuchte Becky mit flinken, geschickten Händen, und die Laune des Babys besserte sich merklich. Er trug keinen Kittel, sondern frischgewaschene Jeans und ein weißes, gestärktes Hemd, dessen Ärmel leicht hochgekrempelt waren und seine braungebrannten, schwarzbehaarten Arme bis zum Ellbogen enthüllten. Muskulöses, schönes Fleisch. Arme, die unterjochen konnten. In Sonjas Schoß lief das Blut zusammen.

Sie wurde kühl und geschäftlich. Diese Flecken an Beckys Ellbogen, waren das Anzeichen für Neurodermitis? Er beruhigte sie. Der Haut fehlte nur Sonne. Er selbst war in der Karibik gewesen in den Weihnachtsferien. Sie unterhielten sich eine Weile über Costa Rica, und er schwärmte, wie billig man dort einkaufen könne. Plötzlich war sie enttäuscht. Einkaufende Männer hatten keinen Sex. Um ihr wirklich zu gefallen, hätte er erzählen müssen, daß er mit einem Jeep ins Landesinnere gefahren sei.

»Alles in Ordnung mit Ihrer Tochter. Ein ganz prächtiges Baby haben Sie da«, sagte er am Schluß der Untersuchung, und Sonja ahnte, daß das eigentlich ihr galt und daß die Versuchungen des Fleisches nur selten seine Vormittage erhellten – was angesichts der Frauen im Wartezimmer nicht verwunderlich war.

»Hätten Sie vielleicht noch eine trockene Windel für uns?« murmelte Sonja und befeuchtete automatisch ihre Lippen, wobei sie ihm zum ersten Mal direkt in die Augen sah. Einen Zungenschlag lang waren sie beide gefangen in diesem Blick, der alles einschloß, auch, daß er sie gegen die Wickelkommode drängen, ihr ein Bein zwischen die Schenkel schieben könnte, um dann mit der Hand unter ihren Pullover zu fahren und eine der harten, vollen Brüste zu pressen. Sie schluckte, und er wandte den Kopf ab und befahl dem Drachen: »Frau Mehltaub, bitte versorgen Sie die Kleine mit einer Windel.«

Der Verkehr auf der Straße hatte sich beruhigt. Vogelgemecker fiel von den Bäumen auf sie herab. Die Luft war weicher geworden, als habe sich dem scharfen, strengen Wintergeruch noch etwas hinzugefügt, ein leicht narkotisierender Duft, der die Schritte der Menschen verlangsamte und sie mehrmals durchatmen ließ. Sonja beugte sich zu Becky hinunter und gurrte, denn sie liebte es, wenn das Baby sie anlächelte und dann versuchte, ihre Laute nachzuahmen. Doch Becky war überreizt von der Untersuchung beim Arzt. Anstelle eines Lächelns bog sie den Kopf nach hinten, machte sich steif wie ein Brett und begann zu schreien. Eine ältere Passantin, die auf eine solche Gelegenheit offensichtlich schon gewartet hatte, blieb stehen und schaute empört in den Wagen: »Das können Sie doch nicht einfach so schreien lassen. Das arme Püppchen. Was hat es denn?«

Das plötzliche Auftauchen des fremden Gesichtes erschreckte Becky, und ihr Unmut steigerte sich. Sonja verdoppelte ihre Geschwindigkeit und rollte wortlos an der Frau vorbei. Sie lebte in einem Land, in dem Babys keine Selbstverständlichkeit mehr waren. Wenn Sonja sich in ihrem Viertel in ein Café oder eine Kneipe setzte, war sie fast immer die einzige Frau, die ein Kind bei sich hatte.

»Das ist aber ein ganz besonders lebhaftes Kind«, sagten die Kellnerinnen dann, sobald Becky quenglig wurde und Sonja aufstand, um zu zahlen.

»Na, die muß aber Hunger haben«, meinten die Leute in der Straßenbahn, denen das schreiende Baby auf die Nerven ging. Sonja konnte unmöglich allen erklären, daß Becky auch schrie, wenn sie müde war oder getragen werden wollte, wenn es ihr im Kinderwagen zu langweilig wurde oder sonst irgend etwas nicht stimmte. Daß das für ein Baby die einzig mögliche Form war, Unbehagen auszudrücken. Und daß sich schließlich niemand durchgehend wohl fühlte.

Zwanzig Meter vor ihrer Haustür schlief Becky im Wagen ein, und Sonja entschloß sich, noch eine Runde auf dem nahegelegenen Friedhof zu drehen.

Der kleine Friedhof war ganz und gar von einer roten Ziegelsteinmauer eingefaßt, die ihn vor den Angriffen der Stadt schützte. Hinter ihr entfaltete sich ein Garten aus steinernen Engeln und efeuüberwachsenen Kreuzen. Unter den matten, winterdürren Ästen von Bäumen und Sträuchern lagen Offiziere, Professoren, Sänger, Schauspieler und Maler, sogar eine Hofballettdirektrice begraben. Fast alle waren Ende des letzten Jahrhunderts, als man den Friedhof noch »Leichenacker« nannte, hier bestattet worden. Schon seit fünfzig Jahren fanden keine Beerdigungen mehr statt. Jetzt spielten kleine Kinder unter den erstarrten Flügeln der Engel, und keuchende Jogger überholten die Mütter mit Kinderwagen, die an den Grabstätten vorbeischlenderten und die Namen der Verstorbenen vor sich hin murmelten.

»Clara, Kaspar, Hypolith, Julius, Hortense, Mathilde, Anna«, las Sonja. Nie konnte sie den Blick von diesen Namen nehmen, auf die einmal jemand gehört hatte:

»Anna, bind dir den Schnürsenkel zu – du wirst noch stolpern!«

»Anna, du Süße, Göttliche, trinken möchte ich dich...«

»Anna, wo sind meine Manschettenknöpfe, Kruzifix?«

Anna unter kantigem Stein, ein ausgewaschener Schriftzug auf einer Tafel aus Granit.

Ab und zu kam eine andere Mutter Sonja entgegen, und sie musterten sich gierig. Manchmal sprachen sie sich an:

»Wie alt ist er denn? Oder ist das ein Mädchen?«

»Ach, vier Monate erst? Julius ist jetzt sechs Monate. Und, schläft sie schon durch?«

»Nein, Julius auch nicht. Dafür schläft er vormittags zwei Stunden am Stück. Da habe ich dann etwas Zeit für mich.«

Die Fragen und Antworten waren immer die gleichen, vielleicht schon seit Jahrhunderten. Und jetzt stellte auch Sonja sie oder antwortete, je nachdem. Die Mütter fragten einander niemals nach ihrem Vorleben aus. Sonja gewöhnte sich ab, zu fragen: »Was haben Sie denn gemacht, bevor Julius...?« Oder zu sagen: »Als ich noch Journalistin war, habe ich...« Das verstieß gegen den Kodex.

Der Kodex ließ nur Fragen nach Fieberkrämpfen, Einschlaf- und Aufwachzeiten, Stillproblemen, Babykeksen und homöopathischen Mitteln zu, ähnlich einem Computer, der bei nicht programmgemäßer Bedienung nur mit »Fehler – Datei nicht gefunden« reagiert.

Manchmal hatte Sonja das Gefühl, verraten worden zu sein, nur wußte sie nicht genau, von wem eigentlich. Von den Männern? Oder der Gesellschaft? Oder dem Leben? Dann sah sie Becky im Kinderwagen schlafen, und alle Zweifel und Fragen ertranken in Liebe zu ihrer winzigen Nase und den runden, fleischigen Backen und der Stelle aus roten, aufgeplatzten Äderchen im inneren Winkel des geschlossenen Augenlids.

Becky schlug die Augen auf und staunte die dürren Birkenäste an, die sich dunkel unter dem eisgrauen Himmel bogen. Es war fast zwei Uhr, sie würde bald Hunger haben. Aber wenn Sonja jetzt mit ihr nach Hause ging, dann saßen sie für fünf endlose Stunden in der Wohnung fest. Wolf kam meist erst um sieben Uhr abends nach Hause.

Sie überlegte, ob sie auf einen Sprung bei Inga vorbeischauen sollte. Ihre Wohnung lag am anderen Ende des Friedhofs, und sie würde jetzt gerade aufgestanden sein.

Sonja kaufte Kuchen und Brötchen und klingelte dreimal unten an der Tür, was das Zeichen der Freundinnen war. Dann hievte sie den Kinderwagen die drei Stockwerke bis zu Ingas Wohnung hoch, da sie ihn unten im Hausflur nicht stehenlassen durfte. Das letzte Mal hatte ein erboster Bewohner den Wagen einfach vor die Haustür gestellt, wo er so naßgeregnet war, daß Sonja mit Becky im Taxi nach Hause fahren mußte. Inga stand im Hemd an der Tür und fuhr sich durch die dichten, ungekämmten Haare.

»Hey, Sonny. Ich bin gerade erst aufgestanden. Wie spät ist es überhaupt? Ich habe keine Ahnung.«

»Es ist kurz nach zwei. Ich dachte, ich könnte dich wekken. Ich habe zwei Stück Nußkuchen und eine Semmel von unten von dem schlechten Bäcker.«

»Ich bin völlig fertig. Ich muß aussehen wie die letzte Schlampe.« Sie sah Sonja fragend an. Sonja bemühte sich nicht, ihr das Gegenteil zu versichern. Schließlich war sie nicht Karin.

Inga ging voraus in die Küche.

»Ich brauche dringend einen Kaffee. Und dann die vitalisierende Schaummaske oder so was. Hast du Kleingeld für Zigaretten?«

»Nein«, sagte Sonja automatisch, »ich habe nur einen Fünfzigmarkschein.«

Inga durchwühlte ihre Jackentasche.

»Ich gehe kurz runter und hole Zigaretten.« Sie warf einen langen Wintermantel über ihr Hemd, stieg mit nackten Füßen in ein Paar ausgetretene Stöckelschuhe und zog die Haustür hinter sich zu.

Sonja sah sich interessiert in der Wohnung um. Es war dreckiger hier, seit Karin ausgezogen war. Aber die Wohnung besaß jetzt mehr Patina, wirkte gleichzeitig abgegriffen und einladend wie eine ausgeleierte Kurtisane. Über dem brüchigen Strohstuhl im Schlafzimmer hingen ein zerrissenes Männerhemd, eine dunkelblaue Spitzenkorsage, drei einzelne Seidenstrümpfe und ein Morgenmantel aus dünngewordener, honiggelber Seide. Am Rand des Bettes, das sich auf dem Fußboden befand, lagen halb verstreut, halb angeordnet zu einem Altar der Eitelkeiten Muscheln,

Parfümflakons und Polaroidfotos: Inga mit nackten Brüsten und Zigarette auf einem Stuhl in ihrer Küche, Inga mit Hut und Raimund am Strand von Bahia, Inga, elegant, mit hochgesteckten Haaren, auf einer Filmparty von Blümchen. Überall stapelten sich Bücher. »Das obszöne Werk« von George Bataille lag oben auf einem Haufen. An der Wand schräg gegenüber vom Bett klebte das Plakat eines Filmes, den Blümchen produziert hatte. Es zeigte eine zur Faust geballte Männerhand mit einem nackten Arm, an dem die Sehnen vor Anspannung hervortraten. Der Arm mit der Faust glich einem Phallus, um den sich, schlangengleich und gelassen, ein Frauenarm wand. »Das Faustpfand« stand darüber in roten Lettern.

Auf einem kleinen, runden Holztisch mit einer zerbrochenen Glasplatte nahe der Tür befand sich eine Ansammlung von bunten Schütteldosen aus den verschiedensten Orten und Ländern, mit denen man Schneeflocken aufstöbern konnte. Zwischen mehreren Kissen, die alle unterschiedliche Bezüge besaßen, lag ein teurer gebundener Fotoband über Marlene Dietrich.

»Schau, den hat Lederer mir geschenkt. Toll, nicht?« Inga war zurückgekommen und holte den Marlene-Dietrich-Band vom Bett. »Es ist wärmer geworden«, sagte sie dann. »Gott, wie ich mich auf den Frühling freue. Endlich mal wieder etwas Sonne auf die Haut. Ich gehe jetzt ab und zu ins Sonnenstudio. Sieht doch schon etwas brauner aus, oder?«

Sie hob ihr Hemd und zeigte Sonja ihre nackte Vorderseite, während sie selbst den Kopf drehte, um im Spiegel ihren Rücken und ihre Hinterbacken zu betrachten. Sie waren in den Flur gegangen, wo ein billiger länglicher Spiegel an der Wand das Bild von Ingas schönem, rundem Körper zurückwarf. Auf ihren hohen Apfelbrüsten schimmerten wie eine Schicht aus Samt die Körperhäarchen, und die kirschroten Brustwarzen spitzten sich im unerwartet kühlen Luftzug auf. Frei und kühn hoben sich ihre glänzenden Kugeln vom Körper ab, als wüßten sie selbst von ihrer Vollkommenheit. Ingas Hintern aber war breit und weich, und ihre Schenkel wirkten plump.

›Unten herum fehlt es ihr an Eleganz‹, dachte Sonja befriedigt und sagte: »Ja, du hast einen schönen Ton bekommen.« Inga ließ das Hemd fallen wie einen Vorhang am Ende der Vorstellung und ging in die Küche, um Kaffee zu machen.

»Wo warst du denn letzte Nacht?« fragte Sonja aus Routine.

»Ach, ich bin versackt. Mit Hanna Kant. Wir waren im ›Lost Boys‹.« Sie setzten sich und tranken Kaffee, und nach und nach, so wie es Ingas Art war, kam heraus, daß Inga mit Hanna und ihrem Ehemann nach Hause gefahren war, wo sie und Hanna sich geliebt hatten, nach etlichen Gläsern Gin-Gimlet und einer Nase Koks, während Hannas Mann, ein mittelbegabter Fernsehregisseur, ihnen dabei zusah.

»Und was hast du gemacht diese Woche?«

Was sollte sie erzählen? Daß sie demnächst anfangen wollte, Becky um zehn Uhr abends ein Fläschchen zu geben, damit sie vielleicht mal wieder ins Kino gehen könnte? Daß ihr Kinderarzt schöne Hände hatte und sich mit ihr sogar über seinen Urlaub unterhielt? Daß ihr Körper den Schwanz ihres Ehemannes nicht begehrte, aus Gründen, über die zu spekulieren sie sich verboten hatte?

»Wie geht's Blümchen?« fragte sie im Gegenzug.

»Hör mir bloß auf mit Blümchen. Ich weiß nicht, was er hat. Hinz und Kunz schleppt er mit auf die Filmfestspiele nach Berlin, angeblich alles Leute, die für ihn arbeiten. Aber mich fragt er nicht. Sag mal ehrlich, wie findest du denn das?«

Sonja antwortete nicht. Es war ihr schon immer rätselhaft gewesen, wie Inga es fertigbrachte, in ihrem verworrenen

Sexualleben noch moralische Maßstäbe für ihren Freund anzulegen. Sie hob ihren Pullover, um Becky zu stillen, die hungrig nach ihrer Brustwarze schnappte.

»Und Lederer?« fragte Sonja, um von Blümchen abzulenken, »wie geht es dem?«

»Ach Lederer«, sagte Inga abfällig. »Lederer ist nur noch schlecht drauf. Weißt du, mich langweilt das alles. Warum kann man in dieser Stadt nicht mal einen aufregenden, tollen Mann finden? Ich meine, wo sind die?«

»Wieso ist er denn schlecht drauf?«

»Ach, wegen seiner Mutter.«

»Wegen seiner Mutter?«

»Ja«, sagte Inga, »das bleibt aber unter uns – okay? Seine Mutter ist irgendwie krank. Sie hat einen Putzfimmel, aber ernstlich. Dauernd tanzt sie mit Eimer und Schrubber und Wischlappen bei ihm an und wienert seine Wohnung blank und schimpft ihn aus, weil er nicht richtig saubermacht.«

»Und er läßt sich das gefallen?« fragte Sonja fassungslos. Lederer war fünfunddreißig Jahre alt und mindestens einen Meter neunzig groß. Er besaß einen starken, muskulösen Körper und ein gutgeschnittenes männliches Gesicht. Die Frauen verschlangen ihn mit Blicken.

Außerdem hielt Sonja ihn für einen ungewöhnlich guten Schreiber. Seine Artikel platzten vor geschliffenen Wendungen, süffigen Bonmots, auf den Punkt gebrachten Beobachtungen, griffigen Formulierungen und zynischen Anmerkungen. Allerdings fehlte es ihm an psychologischem Spürsinn. Er verharrte gern an der Oberfläche der Dinge, und der Reichtum seiner Sprache ließ ihn immer wieder abrutschen ins Derb-Komödiantische. Für einen gelungenen Witz ließ er alle Nuancen der Wahrheit über die Klinge springen. Davon abgesehen war er ein Prachtstück von Mann. Die Szene strotzte nicht gerade vor blendend aussehenden, brillanten Journalisten. Und jetzt das.

Sie sah ihn vor seinem Schreibtisch an der Maschine sitzen und brav die Füße heben, damit seine Mutter darunter wegwischen konnte.

»Kurti, die Betten werd ich auch noch frisch beziehen. Da sind lauter komische Flecken drauf«, sagte sie vielleicht von unten herauf. Sonja war erschüttert.

»Also, wenn du mich fragst, irgendwie haben die eine gestörte Mutter-Sohn-Beziehung. Behalt das aber für dich«, warnte Inga und zündete sich eine Zigarette an.

Becky war längst satt und hatte noch eine ganze Weile zufrieden an Sonjas Brustwarze genuckelt. Doch jetzt fing sie an, unruhig zu werden, und Sonja nahm sie auf den Arm und suchte in Ingas Schlafzimmer nach ihrem Schnuller.

»Was hat sie denn?« fragte Inga.

»Ich weiß nicht«, sagte Sonja müde und zog sich Mantel und Schuhe an. Nachmittags fühlte sie sich immer mutlos und schwach. Aber es gab niemand, der ihr das Baby abgenommen hätte, und sei es auch nur für eine Stunde. Da waren nur Becky und Sonja und die anderen Mütter, die ebenso wie sie mit ihren Babys in einem Kokon lebten.

»Kannst du Becky kurz halten, während ich den Kinderwagen hinuntertrage?« Sie schleppte den Wagen nach unten und hastete gleich wieder hoch, da sie Becky schon im Treppenhaus jammern hörte. Inga, die Becky zwar liebte, aber es nicht leiden konnte, wenn sie schrie, hielt ihr das Baby entgegen.

»Sie ist heute wirklich nicht gut drauf«, sagte Inga und hielt Sonja die Wange zum Abschiedskuß hin. Von unten drang Schimpfen und dann ein polterndes Geräusch zu ihnen hoch. Sonja rannte mit Becky auf dem Arm nach unten. Ein dünner, etwa fünfzigjähriger Mann mit einem Eulengesicht und einer dunkelblauen Strickjacke versuchte den Kinderwagen mit Fußtritten durch die etwas zu schmale Haustür zu stoßen.

Als er Sonja kommen sah, drehte er sich. Sein Atem ging schwer und asthmatisch: »Ist das Ihr Kinderwagen hier? Sie versperren den ganzen Hausflur!«

»Ich habe den Wagen nur zwei Minuten abgestellt, um mein Kind von oben zu holen«, sagte Sonja mit bebender Stimme. Sie hatte zu wenig geschlafen und fühlte Tränen aufsteigen.

»Das nächste Mal mache ich Kleinholz aus dem Ding.« Er drehte sich um und öffnete sein Briefkastenfach. Sonja legte Becky, die sofort zu weinen begann, in den Wagen und versuchte, ihn durch die Tür zu bugsieren. Ein wenig Holz splitterte vom Rahmen ab. Sonjas Herz klopfte bis zum Hals, und sie schluchzte hysterisch auf. Doch der Hausbewohner hatte ihnen schon den Rücken gewandt und stieg die Treppe hoch.

Sonja ging nicht über den Friedhof zurück. Der Nachmittag neigte sich schon dem Abend zu, das Leben schien schwerer geworden. Sie wählte eine der belebteren Geschäftsstraßen, obwohl sie, vor allem seit es Becky gab, die abgasgeschwängerte Luft mied. Trotzdem hüstelte das Baby ständig. Sie ließ sich von den Schaufensterauslagen ablenken. Die gesichtslose, plastiktütentragende Menge teilte sich wie Wasser vor dem Kinderwagen und blieb in einer Heckwelle hinter Sonja zurück, bis vor ihr plötzlich ein vertrautes Gesicht auftauchte.

Es war der Kontrast zwischen den etwas kantigen, fast wuchtigen Linien des Kinns und dem jungenhaften, beinahe sanften Gesichtsausdruck, an dem sie den Mann wiedererkannte. Seinen Namen wußte sie nicht. Jahrelang hatte er sie im »Lost Boys« verehrt.

Wenn er da war, wußte sie es sofort, ohne hinzusehen. Sie spürte seine Blicke, die ihr Gesicht, ihren Körper umschmeichelten wie mit sanften Händen. Immer tat sie, als ob sie es nicht bemerke, nichts wisse von seinem Hunger, obwohl sie sich unter der Liebkosung räkelte wie eine satte Katze.

Jetzt aber, während sie den Kinderwagen auf ihn zuschob, sah sie ihm gerade ins Gesicht, ein halbes Lächeln parat, bereit, ihn zu erkennen und zu grüßen. Ihre Blicke kreuzten sich, doch seine hellen, braunen Augen glitten desinteressiert an ihrem Gesicht ab. Er zog schnell an ihnen vorbei wie ein schnittiges Segelboot an einem Frachtschiff.

Sonjas Wangen brannten, als habe sie eine Ohrfeige erhalten. Hatte sie es denn noch immer nicht begriffen? Auch sie war jetzt eine von den Frauen geworden, die für Männer wie ihn unsichtbar waren. Eine dieser Frauen mit flachen Schuhen, die einen Kinderwagen vor sich herschoben, auf dem sich die Einkäufe stapelten. Ein formloser Klumpen, ein lebensmittelbehangenes Mutterschiff, an dem die Männer mit leichten, freien Schritten vorbeisteuerten.

Im gleichen Maße, wie sie durch das Baby für die dicke Bäckerin an der Ecke und die Kassiererin des nahegelegenen Drogeriemarktes ins Blickfeld gerückt, als Mutter definiert und im Wert gestiegen war, hatte sie alles verloren, was die Aura einer vögelbaren Frau ausmacht. Sie strömte den Geruch des Muttertieres aus. Nur alte Frauen, Straßenbahnschaffner und Kinderhasser nahmen jetzt noch ihre Fährte auf.

Wolf kam eine Viertelstunde später als gewöhnlich. Sie hatte Becky schon für die Nacht gewickelt, ihr eine Fluor-Tablette verabreicht, sie eingecremt und gestillt und den Frühstückstisch abgeräumt, während Becky auf ihrer Hüfte hing und an der Kette mit dem Schnuller saugte.

»Hattest du einen schönen Tag?«

Sie händigte ihm wortlos das Baby aus. Es war das erste Mal seit heute morgen um neun, daß jemand ihr Becky abnahm. Wolf trug sie ein wenig herum, aber dann wurde sie müde, und er legte sie in ihren Stubenwagen neben dem Ehebett. Sie zogen sich in den Wohnzimmerbereich zurück, damit das Baby einschlafen konnte.

Wolf hatte sich in einen der tiefen Polstersessel gesetzt, und Sonja kuschelte sich auf seinen Schoß. Sie schnupperte an seinem Hals, an dem sich Duftreste von Männerhaut, Schweiß und After-shave befanden.

Als Schulmädchen hatte sie der Duft von After-shave morgens umfangen, wenn sie schlaftrunken ins Badezimmer taumelte, denn ihr Vater weckte sie erst, wenn er mit dem Rasieren fertig war.

Natürlich hatte sie mit Wolf irgendwie ihren Vater geheiratet. Und zwar, als müsse sie der Mutter ein Schnippchen schlagen, in seiner »guten« Ausgabe, denn ihr wirklicher Vater war ein Filou. Er liebte den Sex und betrog ihre Mutter ständig. Sonja war ihm ähnlich in der Beziehung, was die Familie eher akzeptiert hätte, wenn sie der erhoffte Sohn geworden wäre. In all ihren Gedanken, Phantasien und Träumen betrog sie Wolf – mit Ingas Männern und Beckys Kinderarzt und gesichtslosen, aber stets uniformierten Polizisten auf der Kühlerhaube ihres Streifenwagens. Körperlich aber war sie ihm treu. Denn Wolf bot ihr alles auf einem silbernen Tablett, wovon andere Frauen träumten.

Er war ein großmütiger, ein guter Mann, und er war zum richtigen Zeitpunkt aufgetaucht. Das rastlose Leben zwischen Bars und Restaurants und dem obligatorischen Drink im »Lost Boys« hatte begonnen ihr auf die Nerven zu gehen. All die seichten, sinnlosen Gespräche, das lächerliche Psychologisieren zwischen Alkoholisierten, das Aufstylen und Abschminken und die großen Gefühle, die in Wirklichkeit nicht tiefer als ein Splitter unter die Haut drangen.

Sie brauchte sich nur Karin ansehen. Alle drei Monate war sie Hals über Kopf in einen neuen Mann verliebt. Immer gab es unzählige Abendessen zu zweit, viel Wein und die

Illusion von Vertrautheit, Intimität und geistigem Austausch auf höchstem Niveau. Viel Lärm um nichts. Denn plötzlich war es doch wieder zu Ende, einfach so, das Verliebtsein ausgeknipst wie eine Lampe. Aber auch das dauerte nicht lange. Nach kurzer Zeit gab es jemand Neues, und Karin flötete wieder ins Telefon: »Ja, ich bin bis über beide Ohren verliebt«, und Inga bestätigte: »Ein toller Mann!«, und Sonja durfte um Himmels willen nicht die Andeutung eines Zweifels laut werden lassen, denn das wurde als Taktlosigkeit ausgelegt. Sonja galt ohnehin als unsensibel in diesem Punkt.

Bei all dem sah sie keine Entwicklung, keinen Tiefgang, keine Zweifel, kein Nachdenken über sich, nichts, das die wirklichen Gefühle berührte, Karins Gefühle waren wie billiger Schaumwein. Sie quirlten kurz auf, und wenn sie wieder zusammensanken, war das Gesöff noch fader als vorher.

Becky jaulte in ihrem Stubenwagen, und Sonja erhob sich, um hinüberzugehen. Wolf stand schon neben ihrem Bett, steckte ihr den Schnuller wieder in den Mund und streichelte ihren ausgeprägten Hinterkopf. Dann drehte er sich um und schob Sonja an den Schultern vor sich her Richtung Wohnzimmer.

»Los, marsch, auf die Couch mit dir. Ich hole dir dein Buch, und dann mache ich dir etwas zu essen.«

»Warte, das Buch findest du nicht, es liegt in meiner Handtasche«, protestierte sie, aber er hatte sie schon auf die Couch geschubst und eine Decke über sie geworfen.

Vielleicht hatten auch einfach die Hormone den Ausschlag für ihre Ehe mit Wolf gegeben. Sonja war Ende Zwanzig und reif für ein Kind.

Er kam mit ihrer Handtasche zurück. Wie alle Männer wagte er nicht, darin herumzusuchen, obwohl sie verheiratet waren. Welchen schrecklichen Fund fürchteten Männer in der Handtasche einer Frau zu machen? Ein gebrauchtes

Präservativ? Ein benutzter Tampon? Eine zerrissene Seidenstrumpfhose?

»Die wiegt ja Tonnen.«

Sie holte ihr Buch aus der Tasche.

»Was? Du schleppst ›Anna Karenina‹ mit dir rum?«

»Ach«, seufzte Sonja, »was weißt du vom Leben einer Mutter. Kann sein, daß Becky unerwartet irgendwo im Kinderwagen einschläft, und dann setze ich mich gerne in ein Café und lese. Und das ist nun mal das Buch, das ich gerade lese. Es ist wunderbar.«

Sie legte das Buch auf ihren Bauch, ohne es zu öffnen, und starrte in das dunkle Maul ihres herrschaftlichen Kamins. Ja, ja, ja, sie verschlang das Schicksal dieser Frau, die alles aufgegeben hatte, Sicherheit, Ruhe, gesellschaftliche Stellung, Freunde, sogar ihr Kind für ihren Geliebten, für Wronski, den Mann, der ihr Himmel und ihre Hölle war. Alles an Annas Geschichte war folgerichtig und wahr, und ihre Tragödie, die sich schon abzuzeichnen begann, erschütterte Sonja, die sich immer wie Anna entschieden hätte – für die Liebe, die Leidenschaft und den Tod.

Sie schlug den Roman auf und suchte die Stelle, an der sie aufgehört hatte zu lesen: »›Alexej Alexandrowitsch‹, begann Anna und blickte ihm frei ins Gesicht, ohne ihre Augen vor seinem Blick zu senken, der immer noch auf ihre Frisur gerichtet war, ›ich bin eine treulose, eine schlechte Frau, und ich bin es auch jetzt noch ebenso wie neulich, als ich Ihnen alles mitgeteilt habe: ich bin gekommen, Ihnen zu sagen, daß ich daran nichts ändern kann.‹«

In der Küche hörte sie das Klappern von Tellern. Wolf räumte die Spülmaschine ein. Sie ließ das Buch sinken, und das schwarze Loch des Kamins sog sofort wieder ihren ziellosen Blick auf. Was Wolf zu ihr getrieben hatte? Eine Begegnung im Wald, ein anziehender, leuchtender Sonnenfleck unter einer vom Alter gelichteten Tanne? Vielleicht.

Bis sie aufeinandertrafen, hatte er ein Wolfsleben geführt, halb Sturkopf, halb Philosoph, ziellos umherstreifend, doch nie die unmittelbare Nähe seiner Höhle verlassend. Einsam war er und fern von der Wärme des Rudels, als habe sein Name ihn zu einem Dasein im rauhen Wind verdammt. Sich mit Sonja zusammenzutun, das war, als habe er ein fremdes, doch artverwandtes Weibchen in seinem Revier gefunden, an einem behaglichen Plätzchen in der Sonne, neben dem er sich ausstrecken und es sich bequem machen konnte. Und der Hunger, der stets zwischen seinen Lenden fackelte, wurde so auch halbwegs regelmäßig gestillt. Aber Liebe? Daran glaubte er nicht. Obgleich es jetzt viel behaglicher war in seiner Höhle, wo das Fiepen und Jaulen ihres Jungen sogar das Heulen des Windes übertönte.

Wolf kam mit einem Teller und einem Glas zu trinken herein, und Sonja setzte sich auf. Sie aßen und tranken und redeten, aber dann wurde Sonja müde und ging mit ihrem Buch ins Bett, und Wolf schaltete den Fernseher ein, um sich eine Fußballübertragung anzusehen. Als er später zu ihr ins Bett stieg, hatte sie schon das Licht ausgemacht, und Wolf respektierte das Zeichen als ein wortloses »Nein« und rollte sich bis über die Ohren in seine Decke ein. Erst als sein Atem regelmäßig ging, wagte sie es, ihre Beine auseinanderzunehmen und mit ihren Fingern dort unten ein kleines, knisterndes Feuer zu entfachen.

Die Tigerin
1980

»Hopper ist ein Arsch. Angeblich ist die halbe Stadt eingeladen.«

»Reg dich ab. Ich rufe Betzler an. Der rückt bestimmt zwei Karten raus.«

»Welcher Betzler?«

»Sugar-Daddy.«

»Wieso?«

»Inga hat ihn so getauft. Der Produzent von Hopper. Der Große, der immer nach Karl Lagerfeld riecht.«

»Kenn ich nicht.«

»Sonja, der, der immer ›schwuler Hund‹ sagt.«

»Ach. Den kennst du? Woher denn?«

»Ich habe ihn im ›Hoolahoop‹ mal getroffen. Das habe ich dir auch erzählt. Warum hörst du nie zu, wenn man dir was sagt?«

Sonja schwieg. Ihr war nicht bewußt, wann genau sie abschaltete, wenn die Freundinnen tratschten. Obwohl dabei immer wieder wichtige Informationen verlorengingen, empfand Sonja kein Bedürfnis, sich zu ändern.

Ihr Stand befand sich zwischen dem Haupteingang und den Rolltreppen, vor einem Wühltisch mit billigen Frotteehandtüchern, neben einem Turm Handtaschen aus Kunstleder. Aus der Parfümerieabteilung drangen sporadische Angriffe mattsüßer Geruchskörper zu ihnen vor, die sich mit der muffigen Kaufhausluft zu einem fast sauerstofflosen atmosphärischen Inferno verbanden.

Sonja beobachtete mit ausdruckslosem Gesicht die vorbeihastenden Einkäufer. Warum hatten es die Leute in

Kaufhäusern immer eilig? Es mußte an der schlechten Luft liegen. Und am künstlichen Licht. Vielleicht auch an den vielen Menschen.

Sie hatte einmal gelesen, daß die Menschen auf den Straßen von New York wesentlich schneller liefen als die Menschen in einer Kleinstadt oder in einem Dorf. In New York hetzten die Leute durch die Stadt, damit sie nicht angesprochen wurden. Es war relativ unwahrscheinlich, einen Bekannten zu treffen, und von der Begegnung mit einem Fremden versprachen sich die New Yorker nichts Gutes. In der Kleinstadt war es genau umgekehrt. Wer zu schnell ging, lief Gefahr, einen Nachbarn oder Kollegen zu übersehen und ein Schwätzchen zu verpassen.

Floh quasselte eine Frau undefinierbaren Alters in einer beigen Popelinjacke an, die, wahrscheinlich aufgrund ihres schweren Gewichts, etwas langsamer an ihnen vorbeidriftete. Die Frau ging mißtrauisch drei Schritte zurück und versuchte sich seitwärts an Floh vorbeizudrängen wie ein störrisches Pferd an einem Hindernis. Doch Floh hielt ihr die Kamera direkt unter die Nase: »Kostenlos, meine Dame, kostenlos. Lassen Sie ein Polaroidfoto von sich machen. Dies ist eine Werbeaktion für Polaroidkameras. Vollkommen umsonst.«

Sie drückte der verdutzten Frau einen gelben Schirm in die Hand, ging drei Schritte zurück und sagte: »Lächeln. Lächeln. Ganz toll machen Sie das. Richtig professionell.« Dann drückte sie auf den Auslöser. Die Frau entblößte gehorsam und plötzlich sorgenlos unter dem weißen, grellen Blitzlicht ihr schlechtes Gebiß. Die nasse, glänzende Zunge des Fotos schob sich langsam und obszön aus dem eckigen Apparat, und Floh wedelte damit in der Luft herum.

»Nur zwei Minuten, dann können Sie Ihr Foto mit nach Hause nehmen.« Die Frau umklammerte immer noch den gelben, aufgespannten Regenschirm mit der einen Hand, von der anderen tropften zwei volle Kaufhausplastiktüten. Um sie herum hatte sich jetzt eine kleine Schar Menschen versammelt, die auf die Entwicklung des Bildes wartete, mit der gleichen, geduldigen Gläubigkeit, mit der sie auch der Erscheinung der Jungfrau Maria geharrt hätte.

Floh war mal wieder in ihrem Element.

»Diese Jacke, die Sie anhaben«, sie deutete auf die billige, kaum taillierte Popelinjacke, »haben Sie die hier gekauft?«

Die Frau war sichtlich geschmeichelt. Nein, die hatte sie drüben beim Kaufhaus am Dom erstanden. Floh lauschte interessiert. Ob es diese Jacke wohl noch in anderen Farben gab? In Hellblau, vielleicht auch noch in Gelb, meinte die Frau sich zu erinnern, die jetzt hingerissen an Flohs Lippen hing, aber leider war sie schon vom letzten Jahr, ein Schnäppchen aus dem Sommerschlußverkauf. Sie glaube nicht, daß Floh noch eine Chance hätte, aber lohnen täte es sich immer, am Dom vorbeizuschauen, nicht wahr? Floh bedankte sich für den guten Tip und tätschelte der Frau die Hand. Dann zeigte sie ihr das Foto.

»Gut sehen Sie aus, schauen Sie nur!« Die Umstehenden reckten die Hälse, um einen Blick auf das Bild der Frau zu werfen.

»Schön, nicht?« sagte Floh, und Sonja schloß die Augen, wie sie das manchmal tat, wenn ein totes Tier am Straßenrand lag, weil sie Mitleid empfand. Dabei war für Floh und die Frau die Welt sicher vollkommen in Ordnung. Nur Sonja fiel manchmal heraus aus der Ordnung, und dann lief hinter ihren geschlossenen Lidern meistens der gleiche Film ab: Sie befand sich in einem weiten, scheinbar grenzenlosen Raum, dem Kosmos vielleicht, und fiel aus einer Kiste ins Nichts, wurde aber gleich aufgefangen von einer anderen Kiste, und so ging es immer weiter von Kiste zu Kiste, ein ewiger Kehraus.

Tatsächlich sagte die Frau: »Ja, richtig gut schau ich da

aus«, und Sonja öffnete ihre Augen wieder und sah, wie sie das Foto sorgfältig in ihrer Handtasche verstaute, ohne dabei ihre Plastiktüten abzusetzen. Einige Leute betrachteten jetzt die Polaroidkameras, die, zu einem Würfel aufgebaut, hinter ihnen auf dem Warentisch lagen. Floh drückte den gelben Schirm mit dem fett aufgedruckten Schriftzug des Kameraherstellers einem jungen Paar in die Hand und schoß.

Sonja sank zu Boden und lockerte den schmalen Lederriemen ihrer Sandalen. Zwei Tage noch. Floh hatte über irgendeinen Werbemenschen den Job aufgetan. Sie bekamen 150 Mark am Tag, unabhängig davon, ob sie Kameras verkauften. Die Aktion dauerte nur eine Woche, aber Sonja hatte den Eindruck, der Job habe sie Jahre ihres Lebens gekostet. Sie haßte das Kunstlicht und die ungesunde Wärme und die sauerstoffarme Luft. Am meisten aber haßte sie die toten Waren, die überall aufgebahrt lagen, und die Menschen, die in dumpfen Reihen an ihnen vorbeidefilierten.

Es wurde immer halb acht Uhr abends, bis sie wieder nach Hause kamen. Sie liefen dann unstet in der Wohnung umher, räumten die Küche auf, telefonierten oder stopften schmutzige Wäsche in die altersschwache Waschmaschine. Um sich abschminken zu können, zog Sonja Gummihandschuhe an und begann, das dreckige Geschirr im Waschbekken zu spülen. Floh spießte indessen die Polaroidfotos, die nicht mitgenommen worden waren, sorgfältig an der Spickwand in ihrer Küche auf.

»Wir behaupten, das sind unsere Verwandten.« Sie lachte aus tiefstem Bauch. Sonja trat, die tropfenden rosa Gummihandschuhe gen Himmel gehoben, hinter sie und betrachtete grinsend die Durchschnittsgesichter auf den Polaroids.

Ihr Blick fiel auf das Telefon am Boden. Sie hob es mit nassen Gummihandschuhen auf und drückte es Floh in die Hand.

»Floh, probier mal, ob Sugar-Daddy da ist.«

Floh verschwand mit dem Telefon, und Sonja ging zurück zum Waschbecken und spülte gedankenverloren den Abwasch zu Ende. Hopper besetzte nicht mehr ihr ganzes Fühlen und Denken. Außerdem hatte sie ihn seit zwei Monaten nicht gesehen. Der »Scheinwerfer« war von heute auf morgen geschlossen worden. Angeblich war hinter der Theke mit Drogen gehandelt worden. Jetzt befand sich die Buchhandlung einer christlichen Sekte darin.

Das Publikum des »Scheinwerfers« war heimatlos. Immer wieder gab es Gerüchte, daß diese oder jene Gaststätte jetzt der neue Treffpunkt sei. Doch fanden sich dort nie genau die gleichen Gäste wie im »Scheinwerfer« ein. In Diskotheken mußte man mit Tänzern rechnen, die Donna Summer hören wollten. In Cafés oder Kneipen hockten Skat- oder Schachspieler an den Tischen und erstickten jede erotische Aura. Manche Bars, die dem »Scheinwerfer« ähnelten, entpuppten sich als Schwulenterrain. Und Hopper war ohnehin nirgendwo aufgetaucht.

Sonja hatte sich mit einem dicken TV-Regisseur eingelassen und bisher jede Sekunde bereut. Er hieß Dirk, aber Floh hatte ihn »Teddy« getauft. Er war ein grüblerischer, kluger, introvertierter Mann mit einer empfindlichen Haut und einer aufgeschwemmten Hüftpartie und wabbeligem Po. Nur ein paarmal war es zwischen ihnen zum Vollzug des Geschlechtsverkehrs gekommen. Seither betete er Sonja an. In einem seiner Drehbücher fand sie ein Zitat von sich: »Ich kann nicht mit dir schlafen. Mein Kopf will, aber mein Körper nicht.«

Selbst das war eine Lüge. Auch ihr Kopf wollte nicht mit ihm schlafen. Nur seine Bewunderung schmeichelte ihr. Der Teddy bereitete einen Fernsehkrimi für das zweite Programm vor und brachte ihr Gedichte von S.T.Coleridge mit.

Sex mit ihm war kuschelig. Der Teddy breitete ihr langes

Haar wie eine Muschelschale auf seinem Kopfkissen aus und bedeckte ihr Gesicht mit Küssen. Sie hätte gewünscht, daß er ihr Haar zu einem Strang zusammenwand, mit dem er ihren Kopf zu einer schmerzhaften Überstreckung nach hinten zog, bevor er ihre Beine teilte. Er hätte ihr ins Gesicht sehen sollen: »Du mußt nachgeben, es nützt dir ja nichts«, bevor er in sie drang – das hätte sie entflammt. Später, naß von seinem Samen, wenn sie weich war und nachgiebig, dann hätte er immer noch sanft sein können. Aber das alles wußte der Teddy nicht und würde es auch niemals wissen. Und wenn er endlich eine Frau fand, die zu ihm paßte, dann würde sie das auch nicht von ihm erwarten. Sie würde kuscheln wollen wie er und liebevoll seine schwierige Hüftpartie umfassen und »Schnecklein« sagen zu seinem halbsatten Schwanz.

»Sonja, Dirk ist am Apparat!« Floh kam mit dem Telefon in die Küche und hielt ihr grinsend den Hörer hin. Sonja ließ einen Teller ins Spülwasser zurückgleiten und fuchtelte abwehrend mit den Gummihandschuhen.

»Ich bin nicht da«, flüsterte sie. Floh nahm den Hörer wieder an sich.

»Entschuldige, Dirk, ich dachte, Sonja sei in der Küche. Sie ist wahrscheinlich Zigaretten holen gegangen. Kann sie dich zurückrufen?«

Sonja schwenkte einen nassen Teller vor Flohs Nase.

»Nein, nein, ich bin verreist. Meine Mutter ist krank.«

Floh hielt die Muschel des Hörers mit der Hand zu.

»Vergiß es«, zischte sie scharf und nahm das Gespräch wieder auf.

Sie klemmte das Telefon unter den Arm und zog sich in den Flur zurück. Nach einer Weile kam sie in die Küche zurück.

»Du hast wirklich einen Hau, meine Liebe. Das hat er doch total gescheckt.«

»Meinst du?«

»Es war sonnenklar.«

»Warum hast du nicht gleich gesagt, daß ich weg bin?«

»Wie wäre es, wenn du ihm beibringst, daß zwischen euch nichts läuft?«

»Ja, Mama«, erwiderte Sonja. »In zehn Minuten rufe ich ihn zurück und sage – was soll ich denn sagen?«

»Du sagst, du hast dich verliebt.«

»Genau. Ich habe jemand kennengelernt. Zufällig. Er kam in den Laden, um sich eine Motorradjacke zu kaufen. Und dabei ist es passiert. Einfach so. Rums bums. Dagegen kann man nichts machen. Das ist wie ein Frühjahrsschnupfen.«

»Das brauchst du doch gar nicht auszuschmücken. Das wirkt nur unglaubwürdig. Du hast dich verliebt. Fertig.«

»Also gut. Ich bin es leid. Ich tue es. Jetzt.« Sie ging in den Flur und holte das Telefon.

»Warte, Sonny.« Floh nahm ihr das Telefon aus der Hand. »Teddy hat Karten zu Hoppers Premierenfeier. Er rief an, um zu fragen, ob wir Lust hätten mitzukommen.«

»Nein.« Sonja setzte sich wieder auf die Couch und zündete sich eine Zigarette an.

»Was ist mit Sugar-Daddy?«

»Der ist nicht da. Und morgen ist die Feier.«

»Ich weiß.«

»Vielleicht kannst du noch ein Mal durchhalten«, sagte Floh und kaute auf einer ihrer blonden Haarsträhnen herum.

»Du willst, daß ich mich opfere?«

»Du mußt ja nicht mit ihm nach Hause gehen,oder?«

»Nein. Aber der Streß. Und dann hängt er mir den ganzen Abend am Rockzipfel. Und...«

»Sonja«, sagte Floh streng, »schlag dir Hopper aus dem Kopf!«

Sonja stand auf und ließ schweigend Wasser in die Badewanne laufen. Immer schon war es einfach für sie gewesen, Männer zu bekommen. Sie brauchte nur die langen Haare zurückzuwerfen und auf ihren langen Beinen hochnäsig wie ein Kamel durch den Raum zu staksen, und schon bestellte ihr irgendein Mann an der Bar einen Drink. Doch nie hatte das Schicksal ihr die Männer zugeschustert, die sie wirklich haben wollte, und das bewahrte sie davor, eingebildet zu werden. Hopper war eine wandelnde Herausforderung, eine geschmeidige Gazelle, die verschwunden war, bevor die Tigerin zum Sprung ansetzen konnte.

Sie zog den hellen Vorhang mit dem angelaufenen und vor Dreck schwarzgezackten Rand zu, zog sich aus und glitt in das heiße Wasser. Sie liebte den Kampf wegen der Fledermausschwingen, die dann über die Innenwände ihres Magens strichen. Natürlich war Teddy das Opfer, ein harmloser, kleiner Vogel, der zufällig vom aufpeitschenden Schwanz der Tigerin erschlagen wurde. Sonja entrollte den Schlauch der Handdusche und ließ ihren silbernen Kopf über ihren Körper gleiten. Im nächsten Leben würde sie für all ihre Schulden bezahlen müssen. Das Wasser entströmte lauwarm den feinen Poren des Duschkopfs, und Sonja lenkte die Schlange direkt zwischen ihre Beine. Ihre Klitoris schwoll an, und sie überließ sich einem ursprünglichen, infantilen Gefühl der Lust, als kehre sie zurück zu den Urgründen ihres Elements, dem Wasser, der Wiege der Menschheit. Als sie den Höhepunkt erreichte, war es, als habe sie das Band, das sie mit dem willenlosen Zustand des noch nicht Erschaffenen verband, durchtrennt und werde zurückgeworfen in das scharfe Licht der Schöpfung.

Teddy erwartete Sonja und Floh vor dem mit Scheinwerfern erleuchteten Kinoeingang, der mit Eisengittern abgesperrt war. Eine dünne Schicht Schaulustiger lehnte daran, und zwei oder drei Fotografen lungerten an der Mündung, die man passieren mußte, um durch ein schmales, mit einem roten Teppich ausgelegtes Spalier in den Vorraum des Kinos zu gelangen. Schon als er sie in die Arme schloß, wußte Sonja, daß es ein Fehler gewesen war, ihn anzurufen. Sie küßte seine weiche Wange und fing den leicht parfümierten Duft seines Haarshampoos auf. Seine feinen, hochgeföhnten Haare zitterten leicht im Wind. Sonja spürte, daß er glücklich war.

Vereinzelt erkannte Sonja Stammgäste aus dem »Scheinwerfer« wieder. Die Masse des Premierenpublikums setzte sich jedoch aus Leuten zusammen, die bei jeder Art von gesellschaftlichem Ereignis anwesend waren, egal, ob es sich um die Eröffnung der »Spanischen Wochen« in einem stadtbekannten Gourmet-Restaurant, die Einweihung eines Flughafens oder die erste Vorführung eines russischen Zirkus handelte. Sonja hatte aufgehört sich zu fragen, wieso sich diese Leute für so unterschiedliche Ereignisse interessieren konnten. Das taten sie nicht. Sie gehörten einfach zur Staffage. Was immer auch passierte in der Stadt, sie waren die Gesellschaft und deshalb mit von der Partie, wie Rentner auf Butterfahrten. Sonja kannte diese Leute. Aber sie mied die Butterfahrer mit dem sicheren Instinkt derjenigen, die das kümmerliche Fazit eines vergeudeten Lebens fürchten. Teddy blickte sie von der Seite an: »Was hast du?«

»Ich war einmal eine arme Frau in England. Ich sah mich während des Abendmahls, wie ich den Meßwein trinke aus einem silbern ziselierten Kelch. Ich trug abgewetzte Kleider und ausgetretene Schuhe. Mein Gesicht war verhärmt.«

»Wann hast du das gesehen? Im Traum?«

»Sonny, du siehst blendend aus!« Karin trat mit einem strahlenden Lächeln auf sie zu, umarmte sie und küßte sich durch die Runde.

»Ich sah es einfach vor mir. So wie einen Werbespot«, entgegnete Sonja.

»Dirk«, rief Karin aus, als sie bei ihm angelangt war, und maß Teddy mit einem anerkennenden Blick: »Gib zu, du hast schwer abgenommen. Richtig gut schaust du aus!«

Teddy lächelte glücklich. Es war eine glatte Lüge. Wenn überhaupt, dann hatte er zugenommen, seit die Mädchen ihn kannten.

Sie gingen gemeinsam in den Vorführraum und ließen sich in die tiefen, samtüberzogenen Polster fallen.

»Was meinst du mit: wie in einem Werbespot?« fragte Teddy.

Sonja hielt Ausschau nach Hopper. In der vordersten Reihe saß Sugar-Daddy in einem Smoking. Neben ihm erkannte Sonja Hopper, ebenfalls im Smoking, und die Hauptdarsteller Hasi und Andreas.

»Na ja, es gab nur diese eine Szene. Nichts davor und nichts danach. Ich schätze, es war so eine Art Vision. Jedenfalls war ich arm wie eine Kirchenmaus. Mein Leben war bitter. Frag mich nicht, was für ein Leben auf diese Leute hier zukommt. Ich meine, du kannst jederzeit sterben und morgen als Baby in einem Erdbebengebiet in der Türkei wiedergeboren werden«, zischte Sonja Teddy zu, nachdem sie Hopper entdeckt hatte.

Ein mittelgroßer, schwerer Mann mit einer Halbglatze erklomm die Bühne vor der Leinwand, deren Rand eine Reihe unscheinbarer Topfblumen schmückte, die von weitem wie Fleißige Lieschen aussahen.

»Wenn das so ist, sehe ich schwarz für dich. Du hast zu viele Herzen gebrochen. Du wirst so wie er wieder auf die Welt kommen. Keinen Stich wirst du machen«, flüsterte Teddy zurück.

Der Mann stellte sich breitbeinig vor den Mikrofonständer, begrüßte das Publikum und gab sich als Besitzer der Kinokette zu erkennen, in deren Häusern der neueste Hopper-Film heute anlief.

Obwohl er nervös war und zwischen zwei Sätzen immer wieder pfeifend durchatmete, schien er entschlossen, seinen Auftritt zu genießen. Er freute sich über den Erfolg der Kinokette und über den sicherlich ebenso erfolgreichen Film von Hopper darin.

Floh rutschte unruhig auf ihrem Stuhl herum. »Hast du gesehen, wie klein seine Füße sind?« flüsterte sie Sonja ins Ohr. Sonja antwortete nicht. Sie saß aufrecht und konzentriert da und versuchte einen Blick auf Hoppers Rücken zu erhaschen.

Der Besitzer der Kinokette freute sich jetzt über die Anwesenheit der Hauptdarsteller.

»Weißt du, wie schön du im Profil bist?« Teddy versuchte sie am Hals zu küssen, aber sie wehrte ihn ab.

»Muß das sein?« brach Floh aus. »Habt ihr kein Bett zu Hause?«

Um sie herum stiegen Lacher auf. Floh gluckste zufrieden. Der Kinobesitzer ließ sich inzwischen begeistert über die Stadt aus, die einen so idealen Nährboden für Hoppers Filme abgebe, und über den Abend, der hoffentlich auch dem Premierenpublikum Freude mache.

Floh war nicht mehr zu halten. »Nehmen Sie die Hand von meinem Bein, Sie Schwein«, rief sie laut aus. Sonja konnte ihr Opfer nicht sehen. Das halbe Kino verrenkte sich den Kopf nach ihm. Der Besitzer der Kinokette stockte.

»Aber ich habe doch gar nichts gemacht!« verteidigte sich der Mann neben Floh. Er war jetzt identifiziert, und die Kinobesucher betrachteten ihn interessiert wie Strandwanderer eine toten Fisch. Floh blickte ernst und beleidigt geradeaus. Sonja biß sich in den Handrücken, um das Lachen zu unterdrücken. Es war einer von Flohs ältesten Tricks, und sie beherrschte ihn perfekt.

Der Besitzer der Kinokette hatte sein Konzept verloren und kam zu einem überraschend schnellen Ende.

Endlich trat Hopper vor. Er kam Sonja kleiner vor als im »Scheinwerfer«. Statt mit seinem Divalächeln den Kopf zurückzuwerfen, hielt er ihn leicht geduckt. Seine vollen Lippen waren zu einem Strich gezogen, und Daumen und Mittelfinger seiner rechten Hand rieben unentwegt aneinander. Er sprach mit belegter Stimme und holte sogleich seine Hauptdarsteller auf die Bühne. Hasi und Andreas verbeugten sich. Das Publikum applaudierte.

»Die ist ja noch fetter geworden!« Floh beugte sich unter Händeklatschen zu Sonja hinüber.

»Ich find sie gut«, erwiderte Sonja. Sie mochte Hasi, die Frau. Sie blieb wer sie war, egal, ob sie nun gerade charmant und durchgeschminkt sein durfte oder fett und tolpatschig sein mußte. Sonja fand, daß sie mehr Mut hatte als alle im Publikum, die über ihre Mißgeschicke im Film lachten.

Der Zuschauerraum verdunkelte sich, und Teddy griff nach ihrer Hand. Eine Weile lang überließ Sonja sie dem feuchten Gefängnis seiner Liebe, dann brachen ihre wahren Gefühle durch, und sie zog ihre Hand vorsichtig wieder auf ihren Schoß zurück. Der Film hatte begonnen, und sie hüllte sich dankbar in jenen Kokon aus Versunkenheit und konzentriertem Zuschauen, der den Kinobesucher von der Außenwelt abschirmt.

Die Geschichte war simpel. Ein frischverheiratetes Paar fliegt nach Brasilien in die Flitterwochen. Dort wird Nacht für Nacht ihre Hochzeitsnacht verhindert. Mal stört der homosexuelle Reiseleiter, dann wieder wird das Paar in eine Tanzbar verschleppt. Die Katastrophen gipfeln darin, daß sich eine Mücke nachts bei ihnen verirrt, worauf die beiden das ganze Hotelzimmer demolieren. Zurück in Deutschland enden sie vor dem Scheidungsrichter. Doch während die Anwälte sich noch streiten, versöhnen sie sich wieder. Es kommt zum Happy-End.

Als die Lichter wieder angingen, stand das Publikum auf

und klatschte lange und höflich, aber ohne eine Spur von Enthusiasmus. Sonja hatte den Eindruck, der Film sei nur entstanden, weil Hopper und sein Team auch mal nach Brasilien fahren wollten.

Die vordere Reihe, in der Sugar-Daddy, der Besitzer der Kinokette, Hopper und die Hauptdarsteller gesessen hatten, war leer. Das Premierenpublikum beeilte sich, zur anschließenden Feier zu gelangen. Sonja zog sich betont langsam an. Draußen legte Teddy besitzergreifend den Arm um sie und lenkte sie auf seinen roten Golf zu. Floh und Karin schlenderten untergehakt hinter ihnen her.

In dem großen, mit Spiegeln verkleideten Raum verteilten sich die Menschen, so daß die Diskothek immer noch halb leer wirkte, obwohl Sonja, Teddy, Karin und Floh zu den letzten Gästen zählten, die eintrafen. Sonja begriff nicht, was Hopper bewegt haben mochte, von allen denkbaren Orten diesen hier für seine Feier auszusuchen. Aber vielleicht war es auch eine Entscheidung seiner Produktionsfirma gewesen. In jedem Fall war er grauenvoll.

Das »Sister Five« war auf dem Höhepunkt der Diskobewegung entstanden. An den Decken hingen silbern flirrende Glaskugeln. Die Gäste saßen in dickgepolsterten Sitznischen mit Spiegeltischchen, auf denen Champagnergläser standen. Der harte Szene-Kern aus dem »Scheinwerfer« war Hopper bis ins »Sister Five« gefolgt und stand nun mit verschränkten Armen an der mit spiegelnden Platten ausgelegten Tanzfläche.

Sonja erkannte Raimund in einer verwaschenen Jeansjacke, ein rotes Pioniertüchlein keck um den Hals geschlungen. Sein Gesicht schien vollkommen ausdruckslos.

Er beobachtete eine Frau in einem kurzen Minirock mit weißen Cowboystiefeln, die sich auf der Tanzfläche einer sich wiederholenden Abfolge von Diskoschritten hingab. Sie war braungebrannt wie ein gegrilltes Hähnchen.

»Pia Lohmann«, stöhnte Floh und stellte sich mit einem Glas Champagner neben Sonja.

»Wer?«

»Sie war mal Playmate im ›Playboy‹ und hält sich jetzt für eine sexuelle Atombombe«, erklärte Floh und musterte angewidert die Blondine, die im Vollbewußtsein der auf ihr ruhenden Blicke ihre Kreise auf der Tanzfläche zog.

»Immerhin ein Superbody«, stellte Sonja fest.

»Ja, aber keine drei Gramm Hirn«, meinte Karin. Sonja ließ Teddy in der Obhut ihrer zwei Freundinnen und machte sich auf einen Streifzug durch die Disko.

Auf halbem Weg zur Bar hielt sie der Besitzer der Kinokette an. »Ich freue mich, Sie kennenzulernen«, sagte er entzückt und drängte ihr seine schweißnasse Hand auf.

»Aber wir kennen uns doch gar nicht«, erwiderte Sonja und versuchte, sich an ihm vorbeizudrücken.

»Noch nicht, aber das kann man ja ändern.«

Die Lichtreflexe einer sich drehenden Silberkugel direkt über seinem Kopf ließen die Schweißtropfen auf seiner Halbglatze glitzern. Sonja wich einen Schritt zurück und spürte einen Widerstand. Jemand kniff ihr von hinten in den Po, sie fuhr mit einem Ruck herum und stand Auge in Auge mit Hopper.

»Die schöne Susanne. Ein prachtvoller Hintern.« Er küßte sie rechts und links auf die Wange und ließ sein Divalächeln aufziehen und wieder verschwinden. Der Besitzer der Kinokette lächelte indigniert. Natürlich hatte Hopper den Vortritt. Er kannte sich aus mit dieser Art Mädchen, mußte nicht Rücksicht nehmen auf Frau und Familie. Ein Künstler eben.

»Jeder andere hätte jetzt eins auf die Finger bekommen«, erwiderte Sonja und strahlte den Regisseur an, aber seine Augen suchten schon wieder unstet den Raum ab. Sonja schnappte sich ein Glas Champagner aus der Hand des

Kinokettenbesitzers und wanderte weiter. An der Bar machte ein Mann seinen Hocker für sie frei. Er stellte sich als Werbefilmer vor und bot ihr die Mitwirkung in einem Werbespot für eine Seifenproduktion an.

»Warum verbringen wir nicht mal ein Wochenende in Heidelberg?«

»Vor der Produktion?«

»Nun ja, wir sollten uns wenigstens ein bißchen besser kennenlernen.«

»Warum nicht?« sagte Sonja beschwingt und erhob sich von ihrem Platz. Er lächelte über den leichten Sieg.

»Können Sie mir sagen, wo hier die Toiletten sind?« fragte sie vertraulich, und er beschrieb ihr den Weg. Sonja zog eine große Schleife und machte sich dann auf den Weg zurück zu Teddy. Er unterhielt sich mit Karin, wandte sich aber gleich wieder ihr zu und bedachte sie mit einem zärtlichen Lächeln.

»Wollen wir tanzen?«

»Um Himmels willen«, erwiderte Sonja und versuchte sich gegen die Traurigkeit zu wappnen, die langsam und schwankend auf sie zukroch. Nichts war richtig. Ihr Kopf war zu hohl und ihre Gedanken zu bitter. Der falsche Mann legte ihr wahre Liebe zu Füßen. Männer im Alter ihres Vaters wollten mit ihr ins Bett. Und der einzige Mann, der sie wirklich interessierte, suchte keine Frau.

Teddy sah sie bekümmert an. Er schien zum ersten Mal zu bemerken, daß irgend etwas nicht stimmte. Plötzlich tauchte Hopper auf und gesellte sich zu ihrer kleinen Gruppe. Teddy war sichtlich geschmeichelt, obwohl er von Hoppers Filmen nichts hielt. Gesellschaftlich gesehen bedeutete es jedoch viel, mit dem einstigen Kult-Regisseur locker im Gespräch vereint zu stehen. Teddy setzte sofort seinen intellektuellen Grübelblick auf und fragte Hopper, mit welchen Besucherzahlen er für seinen Film rechne.

Hopper wirkte angeödet, und Sonja bemerkte, daß sein Blick an ihrem Gesicht haftenblieb.

»Wollen wir tanzen?« Hopper hob fragend ihre Hand. Sie lächelte. Teddy starrte sie von der Seite an. Willenlos ließ sie sich auf die Tanzfläche führen.

»Wie war der Film?« fragte Hopper anschließend. Er hielt sie am Rande der Tanzfläche fest, in einer fast berührungslosen Umarmung, so als habe er einen sich drehenden Kreisel mit der Fingerkuppe gestoppt.

»Grauenvoll«, sagte Sonja. Sie versuchte in seinem verlebten Gesicht zu lesen, aber er zuckte nur leicht mit dem Kopf und strich sich in einer schwungvollen, fast femininen Bewegung das Haar aus der Stirn.

»Sehen wir uns später im Hotel?« fragte er leichthin.

»Wann?« Sie war nicht sicher, ob ihre Stimme ihr gehorchen würde und war überrascht, wie sachlich ihre Frage klang.

»Zimmer 318 im ›Farah Diba‹. Gegen drei.«

Hopper küßte ihre Fingerspitzen, ohne seine Lippen aufzusetzen, und entschwand. Dutzende von Fledermausschwingen strichen an den Innenwänden ihres Magens entlang.

Im Taxi kurbelte sie die Scheibe weit herunter und trank die milde Nachtluft in flachen Atemzügen. Sie hatte Floh überreden müssen, Teddy gegenüber zu behaupten, ihr sei schlecht geworden und sie habe ein Taxi nach Hause genommen.

»Sonny, das glaubt er doch im Leben nicht. Sag du es ihm.«

»Dann will er mich selber nach Hause fahren, und ich müßte ihm etwas vorspielen. Das kann ich jetzt nicht. Bitte, Floh.«

Sonja schüttelte die Gedanken ab, aber sie setzten sich wie Fliegen sofort wieder fest. Teddys liebevolles Lächeln.

Wie glücklich er gewesen war. Aber, große Göttin, sie hatte doch keinen Vertrag mit ihm, oder? Und selbst wenn. Gefühle halten sich nicht an Verträge.

Das Taxi hielt vor dem Hotel. Das »Farah Diba« war ein moderner, weißer Bau aus den siebziger Jahren mit großen, häßlichen Isolierfenstern und an die Wand geklatschten Betonbalkonen. Sonja betrat zögernd die Eingangshalle. Floh hatte ihr erzählt, daß Hopper seit Jahren im Hotel wohnte. Sie war tief beeindruckt gewesen. In ihren Augen zeugte so etwas von künstlerischem Leichtsinn und Weltläufigkeit. Joyce und Fitzgerald und Hemingway hatten den größten Teil ihres Lebens im Hotel verbracht.

Hoppers Domizil war jedoch von jedem Stil bereinigt und bis zur Vollkommenheit neutralisiert. Der Empfangsraum war klein und schmucklos und mit grünem Teppichboden ausgelegt. Ein Nachtportier in einer dunkelblauen Uniform stand hinter der Rezeption, einem Kasten aus braunem, furniertem Holz, und sah ihr mißtrauisch entgegen.

»Sie wünschen?«

»Ich möchte zu Herrn Hopper. Zimmer 318.«

Der Portier drehte sich um und deutete auf einen Schlüssel an der Wand aus hölzernen Kästchen hinter sich, an der nur noch vier oder fünf Schlüssel hingen.

»Herr Hopper ist nicht auf seinem Zimmer. Kann ich eine Nachricht hinterlassen?«

»Nein. Ich komme später wieder.«

Sie drehte sich um und fühlte die Augen des Nachtportiers über ihren Po und ihre Beine fahren. Als sie die Treppe hinunterging, hielt ein Taxi vor dem Eingang des Hotels. Hopper stieg aus. Er nahm ihren Ellbogen und steuerte sie vorsichtig in den Empfangsraum zurück.

Der Portier grüßte ehrerbietig und bedachte Hopper und Sonja mit einem freundlichen Lächeln. Hopper schob sie in den Fahrstuhl. Sie standen sich schweigend gegenüber. Er sah müde aus. Seine Lider hingen schwer über den arroganten Alligatoraugen. Sie strich mit einem Finger vorsichtig über seine Wange, und er warf den Kopf zur Seite, als habe sie ihn verbrannt.

Das Zimmer war ein Einzelzimmer und sah klein und unaufgeräumt aus. Sie ließen sich angezogen auf das schmale Bett fallen, aber Hopper stand sogleich wieder auf, stellte einen Kassettenrecorder an und orderte eine Flasche Champagner. Der Zimmerkellner kam mit einem silbernen Kübel. Sie tranken schweigend und legten sich wieder angezogen auf das Bett. Seine Finger spielten zärtlich und verloren auf ihrem Körper, aber als sie ihn anfaßte, bemerkte sie, daß er keine Erektion hatte. Es schien ihm nichts auszumachen, im Gegenteil. Er war weit weg, wie immer, als komme er von einem anderen Planeten, wo man von Erektionen noch nie etwas gehört hatte.

Doch plötzlich stützte er sich interessiert auf den Ellbogen und zeigte auf ihre Schuhe, ein Paar immens hohe Stökkelschuhe in einem seltsamen, metallfarbenem Blau, die am oberen Fersenrand ausliefen wie ein Schwalbenschwanz in zwei umgebogene und auseinanderstrebende Enden.

»Wo hast du denn diese Dinger her?« rief er entzückt, hob einen der Schuhe auf und drehte ihn in seiner Hand, als handele es sich um eine polierte Skulptur.

Sonja war verblüfft. Sie war es nicht gewohnt, mit erwachsenen Männern über ihre Einkäufe zu plaudern. Was erwartete er?

›Ach, die habe ich neulich in diesem schicken Schuhgeschäft entdeckt. Sie sind höllisch unbequem und waren eigentlich viel zu teuer für mich. Aber diese Farbe. Ich mußte sie einfach haben.‹

Erwartete er das?

»Ach, die habe ich neu«, sagte Sonja bedächtig. Die Worte schienen wie kantige Würfel aus ihrem Mund zu fallen.

Befleckte man auf seinem Planeten vielleicht lieber das feine Leder von Damenschuhen als weiße Hotelbettwäsche?

Hopper sprang auf und stellte einen der Schuhe im Profil auf ein niedriges Möbel aus hellem lackiertem Holz, das durch Schubladen unterteilt war. Dann begann er, irgend etwas im Durcheinander seines Zimmers zu suchen und zog endlich eine Polaroidkamera aus einem dunkelgrün karierten Koffer. Er wirkte jetzt aufgekratzt und wach wie ein kleiner Junge, der den Weg zu einer Höhle entdeckt hat. Der Schuh war der Schatz. Er knipste ihn von allen Seiten. Die noch unsichtbaren, nassen Fotos legte er sorgfältig in eine Reihe auf seinen Nachttisch. Sonja blieb auf dem Bett sitzen und beobachtete ihn argwöhnisch, obwohl er Witze machte und Charme versprühte. Von draußen fiel ein fahles Morgenlicht durch die schweren Vorhänge, die nicht ganz zugezogen waren, in den Raum. Ihre Füße waren zu Eisklumpen gefroren, die Schlacht verloren.

»Ich muß gehen. Es wird schon hell.« Er drückte ihr eins der Polaroidfotos in die Hand, und sie ließ es nachlässig in ihre Tasche fallen, bevor sie in die hohen Schuhe stieg. Sie verabschiedeten sich mit Wangenküßchen, gefühllos und zärtlich zugleich, und Sonja trat hinaus auf den Hotelflur, in das helle Neonlicht und die verbrauchte Luft, als sei sie gerade aus einer schweren Betäubung erwacht.

Himmel und Hölle
1988

Sonja war ein Kind ihrer Zeit. Sie hatte immer Angst, das Leben könne ihr durch die Finger schlüpfen. Sie wollte lieber alles gleich haben. Die erste Liebesnacht, den ersten Joint, den ersten Job und, später dann, die erste Wohnung, ganz weit weg von zu Hause, um ungestört all die anderen ersten Male durchzuprobieren.

Kokain und Opium, Sex mit einem alternden Millionär in einer New Yorker Luxussuite, mit einem schwarzen Bluessänger in einer Pariser Kaschemme. Flugtickets in fremde Städte, unbekannte Länder und immer wieder neue Männer. Ihr Leben spielte in einem großartigen Stück. Gerade als es anfing langweilig zu werden, lernte sie Wolf kennen.

Eigentlich kannte sie ihn schon lange. Inga hatte ein paarmal bei ihm übernachtet, aber Sonja konnte nichts Aufregendes an ihm finden.

Er war Internist, spezialisiert auf Ultraschall, und besaß eine gutgehende Praxis. Zur Einweihung seiner neuen Wohnung, einem ausgebauten Dachatelier mitten in der Stadt, gab er ein großes Fest, zu dem auch die Mädchen eingeladen waren.

Sonja lief staunend durch den zweihundert Quadratmeter großen, offenen Wohnraum mit immens hohen Decken, der nur durch gläserne Schiebetüren in einzelne Wohnbereiche unterteilt war. Der gesamte Fußboden war mit schimmerndem weißem Marmor bedeckt, und im Wohnzimmer ragte ein mit Marmor eingefaßter, mächtiger Kamin aus der Wand, der Sonja an Napoleons Sarkophag im Invalidendom von Paris erinnerte. Im sogenannten Wintergarten spannte sich ein halbrundes, riesiges Fenster die ganze Wand entlang. Von dem enorm breiten Bett darunter konnte man in den Sternenhimmel gucken. Die ganze Wohnung schien für einen erfolgreichen, leicht größenwahnsinnigen Junggesellen im Zenit seiner besten Jahren ersonnen. Sie machte ihr Wolf nicht sympathischer.

Ein Jahr später traf sie ihn bei einem Essen in Ingas Wohnung wieder. Sie stellte fest, daß er weder oberflächlich noch geltungssüchtig war. Er behauptete, die Wohnung sei nicht sein Spiegelbild, sondern das seines Architekten. Sie glaubte ihm. Er war belesen und an Psychologie interessiert. Stundenlang saßen sie in der Küche zusammen, tranken Kaffee, erzählten sich gegenseitig von den Büchern, die sie am meisten liebten, und von den Beziehungen ihrer Vergangenheit und was sie daraus gelernt hatten.

Sonja brauchte nicht lange, um herauszufinden, daß sie ihn heiraten wollte. Er hatte nichts dagegen.

Sie stürzte sich in die Bürgerlichkeit: Ihre Hochzeit mußte in Weiß sein und auch ganz traditionell, groß, festlich und rührend. Schließlich war es das erste Mal.

Sie bestand auf einem ungewöhnlich breiten Trauring, den jeder sofort bemerken mußte, denn er kennzeichnete ihren neuen Status als Ehefrau.

Obwohl sie nicht geplant hatte, schwanger zu werden, war sie entzückt. Es würde eine vollkommen neue, unbekannte Erfahrung werden. In der Nacht, als Becky geboren wurde, verschwand ihre eigene Theaterbühne, als habe jemand das Bild auf den Kulissenboden hochgezogen. Zum ersten Mal bemerkte sie die vielen eisernen Arme und Fäuste, die die Macht besaßen, sie zu drangsalieren und herumzuschieben wie eine Requisite. Man holte Becky mit einer Saugglocke, und Sonja verließ kurzfristig ihren gequälten Körper, weil sie es darin nicht mehr aushielt. Danach war nichts mehr wie früher.

Sie hatte einen Hauptgewinn gezogen. Die Tage im Krankenhaus verbrachte sie im Rausch. Stundenlang starrte sie das Baby an, das aus ihr herausgekrochen war. Es schlief wie ein kleines Tier an ihrer nackten Brust. Sie spürte, daß ihr durch die Fortpflanzung, den alltäglichsten Akt der Natur, Einblick in heilige Zusammenhänge gewährt worden war. Unter anderem der, daß Geburt und Tod zwei Seiten der gleichen Münze sind. Und daß es ein großer Unterschied ist, ob man etwas mit seinem Verstand oder mit der Seele begreift.

Nach den Tagen des Staunens und der Ehrfurcht brachen plötzlich zwei Dinge über sie herein: eine instinktive, blinde, himmelsstürmende Liebe zu ihrem Baby und der Sturz in die Mutterhölle.

In der Mutterhölle arbeitete man mit der Schlaffolter. Nachts forderte das Baby alle zwei Stunden ihre Brust. Zwischen den Stillzeiten lag sie wach und konnte nicht schlafen. Es schien, als weigere sich ihr Körper, wieder in den Schlaf zu sinken, da es ihn zuviel Kraft kostete, immer wieder daraus aufzutauchen. Dann dachte sie mit Verzweiflung an den kommenden Tag.

Dabei brachte ein Tag mit Becky immer alles: vollkommenes Glück und bodenlose Langeweile, tiefe Erfülltheit ebenso wie ein Gefühl der Leere, Stagnation und Erschöpfung. Plötzlich war sie wieder an das Haus gebunden, an Heim und Herd, wie die Frauen auf alten Stichen. Jetzt war es auch ganz egal, ob sie intelligent war, ihr Studium abgeschlossen hatte, einen Beruf besaß. Sie brauchte kein Gehirn, um Lebensmittel einzukaufen, aufzuräumen, die Wäsche in den Trockner zu werfen. Natürlich hätte sie mehr daraus machen können: Sie hätte anfangen können, Bügeln zu lernen, sich für Vollwertkost zu interessieren oder Vorhänge zu nähen für die Küche. Aber auch das hätte sie nicht entbunden vom Rad der sich stets wiederholenden

Hausarbeit, die niemals ein Ende nahm. Jeden Tag fing alles von vorn an, und es gab wieder schmutzige Wäsche, schmutziges Geschirr und Berge von Dingen, die nicht an ihrem Platz lagen. Und dann riefen Freunde an und sagten: »Ach ja, du arbeitest ja jetzt nicht mehr...« Nein, sie arbeitete nicht mehr. Sie verrichtete jetzt niedere Dienste, so nieder, daß sie nicht einmal mehr bezahlt wurden. Und wer sollte sie auch bezahlen? Sie verwirklichte sich selbst als Frau und Mutter. Und das war ihr Privatvergnügen.

Dann wieder gab es halbe Stunden, in denen sie singend in der Küche stand und Kartoffeln schälte. Das war das kleine, das greifbare Glück. Sie konnte es riechen, wenn sie die frischgewaschenen, noch warmen Babysachen aus dem Trockner holte und auf dem hölzernen Küchentisch zusammenlegte, während Becky auf einer Decke am Boden lag und vor sich hin brabbelte. Oder wenn sie Becky wickelte und die kleinen Füße, den zarten Bauch mit Küssen bedeckte. Ja, selbst wenn sie den süßlich duftenden, gelben Brei ihres Stuhlgangs mit einem warmen, weichen Waschlappen von ihrem Po wischte, war das Glück faßbar.

Dennoch befand sie sich in einer Gummizelle. Noch hielten irgendwelche mutterschaftsbedingten Hormonausschüttungen sie friedlich. Ihr Geist aber war noch nicht genügend abgestumpft. Immer wieder suchte er zwischen Wäschetrockner, Geschirrspülmaschine und Wurstabteilung Dinge, an denen er sich entzünden konnte.

Schließlich besaß sie Zeit in Hülle und Fülle. Das Problem war nur, daß sie diese nicht nutzen konnte. Becky ließ es zwar zu, wenn Sonja mit ihr auf dem Arm die Wohnung aufräumte, begann aber zu quengeln, sobald sie sich hinsetzte, um ein Buch oder die Zeitung zu lesen. Wenn sie schlief, nutzte Sonja den Moment, um sich die Haare zu waschen. Auch das war Luxus. Sie wollte nicht so aussehen wie die Frauen im Wartezimmer des Kinderarztes. Aber für

Körperpflege, das Auswählen von Garderobe oder gar halbstündiges Schminken vor dem Spiegel gab es mit dem Baby überhaupt keine Zeit. Zeit gab es wieder beim Spazierengehen. Dann lief Sonja ungeschminkt und mit fettigen Haaren durch den Park, während Becky im Kinderwagen schlief. Sie wachte nur auf, wenn der Wagen zum Stillstand kam, weil Sonja sich auf eine Bank setzte, um zu lesen.

Inzwischen war Becky sechs Monate alt, und Sonja mußte sich entscheiden, ob sie in die Redaktion zurückkehren wollte. Bis jetzt hatte sie sich geweigert, darüber nachzudenken, weil diese Entscheidung, die mit klarem Verstand getroffen werden wollte, ihr das Herz einschnürte. Becky den Händen einer unbekannten Frau überlassen? Selbst wenn sie das Baby einwandfrei versorgte, würde eine bezahlte Hilfe etwa »Hasenohr« oder »Zuckerschnecke« zu ihr sagen, das Herz randvoll mit Zärtlichkeit? Nein. Und eigentlich wünschte sich Sonja das auch nicht, denn schließlich war sie ja die Mutter. Von welcher Seite sie es auch betrachtete, sie saß in der Mutterfalle.

Nicht, daß die Gesellschaft, die von Männergesetzen strotzte, irgend etwas tat, um den Müttern herauszuhelfen. Ganz eigentlich wollte kein Mann, schon gar kein Politiker, Frauen, die Karriere machten. Frauen also, die ihre Ehemänner auf auswärtigen Kongressen betrogen. Frauen, die einfach nach England flogen, um eine Abtreibung vornehmen zu lassen, und noch nicht mal nach Geld fragen mußten. Frauen, die sich plötzlich weigerten, zu kochen und einzukaufen. Frauen, die Männer nach ihren Fähigkeiten als Liebhaber beurteilten. Nur Frauen mit Kindern, Mutterfrauen, ließen sich noch die Zügel anlegen. Kein vernünftiger Mann hätte ihnen aus der Falle geholfen. Man erhöhte Jahr um Jahr generös den Erziehungsurlaub, damit die Mütter zu Hause blieben. Was wollten sie mehr? Die Kindererziehung teilen, fifty-fifty mit den Männern?

Überhaupt brauchte ein Kind die Mutter, und eine Frau hatte viel darein zu fügen. Alles andere war nun wirklich wider die Natur. Sonja fand dieses Argument bemerkenswert in einem Land, in dem man der Natur ansonsten gar nichts zutraute. Es gab in ihrer Heimat keinen Fluß mehr, der noch seinen ursprünglichen Verlauf nahm. Auf den Feldern störte kein Baum mehr, keine Hecke, nicht mal Klatschmohn und Kornblumen. Man scheute auch nicht davor zurück, eine ganze Moorlandschaft trockenzulegen, um einen Flughafen darauf zu stellen. Nur wenn es um die Aufgabenteilung zwischen den Geschlechtern ging, erinnerte man sich plötzlich der Natur.

Dabei war es nicht so, daß Sonja überall Ansammlungen von bösen Männern sah, die zusammenhockten und sich ins Fäustchen lachten, weil sie den Frauen wiedermal eins ausgewischt hatten. Die meisten Männer waren durchaus bestrebt, den Frauen entgegenzukommen und ihren Beitrag zur Emanzipation zu leisten. Sie schrieben Doktorarbeiten oder diskutierten auf großen Kongressen, sie hielten Seminare ab oder entwarfen neue Gesetze. Nur eines taten sie nicht: Sie liefen nicht nach Hause, um pünktlich ab ein Uhr die Kinder zu übernehmen, mit ihnen auf den Spielplatz zu gehen oder zum Zahnarzt, ihnen die Nase zu putzen und Comic-Hefte vorzulesen. Auch Wolf nicht.

Seit Sonja acht Wochen vor Beckys Geburt ihr kleines Büro leergeräumt hatte, war sie nicht mehr in der Redaktion gewesen. Jetzt stand sie mit Becky auf dem Arm unter dem mattweißen Licht der Neonröhren auf dem Flur, von dem die Zimmer der Redakteurinnen abgingen. Nichts hatte sich geändert. An den Wänden hingen immer noch die gerahmten Titelbilder längst vergangener Hefte wie in einer Ahnengalerie. Junge Frauen mit glatten Gesichtern, makellos wie ein spurenloser Strand, in halbaufgeknöpften Kleidern. Sie sahen irgendwie alle gleich aus, weil es nichts gab, an dem das Auge sich festhalten konnte, keine Falte, keine ungebändigte Haarsträhne, kein schiefes Lächeln.

»Hey, kommt mal her. Wir haben Besuch.«

»Nein, ist die aber niedlich!«

»Sonja, stellst du uns endlich dein Baby vor!«

»Du siehst aber gut aus.«

»So brav, schreit gar nicht. Ist sie immer so?«

Die Frauen eilten aus ihren Zimmern auf den Flur und umringten Sonja und Becky wie ein Schwarm Tauben mit der Aussicht auf Krumen. Sie waren alle zwischen dreißig und vierzig, etwas älter als das Lesepublikum, das die Zeitschrift anpeilte. Und sie sahen viel normaler aus, als die meisten Leser annahmen, die offenbar meinten, die Redakteurinnen müßten genauso sexy aussehen wie die Titelmädchen auf dem Magazin. Aber die Macherinnen der Frauenzeitschrift sahen in etwa aus wie ihre Leserinnen: Sie kämpften mit Pickeln oder Pigmentstörungen, mit strähnigen Haaren oder Cellulitis an den Oberschenkeln und betonten, was zu betonen sich lohnte. Sie trugen häufig Jeans und Pullover, weil das einfach bequemer war. Und manchmal, obwohl gerade sie es eigentlich besser wissen mußten, gingen auch sie mit einer herausgerissenen Heftseite zum Friseur und wünschten sich genau den Haarschnitt des Modells auf dem Foto, in der unsinnigen Hoffnung, dann so auszusehen wie die Frau auf dem Bild.

»Hast du dir die Haare schneiden lassen?«

»Sie kommt aber nicht nach dir.«

»Findest du?«

»Doch, die Lippen, aber die Augen, nein, das bist du nicht.«

Sonja flüchtete sich in Veras Büro. Die Türen der Büros standen immer offen. Alle Zimmer waren mit einer Standardeinrichtung versehen. Ein grauer, statisch aufgeladener

Teppichboden, auf dem ein plastikbeschichteter Schreibtisch mit einem braunen Drehstuhl stand. Die großen, stahlgerahmten Fenster boten Ausblick auf gegenüberliegende Hochhäuser und eine Schnellverkehrsstraße. An der Wand stand ein weißes Bücherregal. Die Übernahme eines Ressorts führte automatisch zu einem prestigefördernden Zuwachs von Regalen, für die man einen Antrag stellen mußte. Ganz oben allerdings, in der Chefredaktion, erhöhte die Loslösung vom Regalsystem ebenso wie der leergefegte Schreibtisch wieder den Nimbus.

Veras Zimmer lag ziemlich genau in der Mitte des Flurs. Größere Versammlungen fanden immer bei ihr statt. Sie hatte ihrem Büro den Charakter des Arbeitsplatzes gelassen, nur ein Strauß apricotfarbener Rosen stand auf dem Schreibtisch. Vera strebte nach Höherem. Manche Redakteurinnen hatten ihr Büro zuwachsen lassen mit Topfpflanzen und Stofftieren, einer Stereoanlage und Geheimschubladen voller Schokoladenriegel, Veilchenpastillen und Lakritze. Sie besaßen Pinnwände, gespickt mit privaten Fotos, auf denen sie sich besonders gut getroffen fanden: verwegen, mit Hut und Zigarettenspitze, maskiert als Venezianerin auf einem Faschingsball, auf Reportage an der Seite eines braungebrannten Fotografen inmitten einer Schar zerlumpter Dritte-Welt-Kinder oder mit Hund, Kind, Katze oder Freund am Strand, im Garten oder zu Hause auf der Wohnzimmercouch.

Sonja legte Becky auf den Fußboden und studierte die Themenliste des Heftes, das in diesem Monat produziert wurde.

Sex 1: Der trockene Orgasmus des Mannes (»Auch trokken ein voller Erfolg«). Sex 2: Schneller Sex (»Überrascht vernascht«). Partnerschaft 1: Verwöhnen (»Verflixt noch mal, jetzt wasch ich wieder seine Socken«). Partnerschaft 2: Gesichter der Liebe (»Ich liebe Apfelstrudel, das Meer und dich«). Dann kamen Psychologie 1 und 2, schließlich Reportagen, Interviews, Mode, die Autoseite, die Rechtsseite und der Kochteil.

Am Anfang ihrer Redakteurszeit hatte sie noch gehadert mit der Zeitschrift. Ihre letzte Seminararbeit hatte sich mit der zeitgenössischen Rezeption der »Penthesilea« von Heinrich von Kleist beschäftigt. Jetzt redigierte sie die Horoskopseite: »Saturn, der strenge Lehrmeister, übt hier seinen Einfluß aus. Lassen Sie sich nicht entmutigen.«

Und wozu die ganzen feministischen Sprüche im vorderen Teil, wenn hinten doch wieder nur Diätkuren, Haarfrisuren, Kosmetik und Kochrezepte herauskamen? Inzwischen war sie abgeklärt. Die Kochseiten brachten Anzeigenkunden. Und Anzeigenkunden, auch das hatte sie gelernt, waren für Frauenmagazine das Wichtigste überhaupt. Ohne Anzeigenkunden säße sie gar nicht hier. Die Doppelseiten für Feuchtigkeitsgel auf den vorderen Seiten fuhren zwischen 40.000 und 70.000 Mark ein. Auch auf die Einseiter für Autos, Schnellkochtöpfe und Fünfminutensuppe konnte man nicht verzichten, ja, nicht einmal auf die halbseitigen Anzeigen für Fußbäder und Kopfschmerztabletten noch weiter hinten. Nur solange genügend Frauen Fältchencreme kauften, war es ihnen möglich, Themen zu produzieren wie: »Selbstbewußtsein – Machen Sie sich stark in eigener Sache!«

»Woran arbeitest du?« fragte sie Vera, die neben Becky am Fußboden kniete.

»Ach, Sonnylein. Sie haben mir ein Psycho-Thema aufgebrummt. ›Das zweite Mal‹.«

»Also nicht das erste, sondern das zweite Mal?« fragte Sonja verblüfft.

»Das zweite Mal eben. Also wenn es beim ersten Mal zusammen etwas verklemmt war oder so, wie es dann das zweite Mal ist.«

Sonja nickte. Sie hatte Dutzende solcher Themen geschrieben.

»Fällt dir was dazu ein?« Vera blickte hoffnungsvoll zu ihr hoch.

»Acrylsocken.«

»Acrylsocken?«

»Ich meine, beim zweiten Mal merkt man erst, welche Socken er trägt. Schwarze Designersocken, gemusterte Baumwollsocken oder dunkelblaue Acrylsocken.«

»Warte«, sagte Vera, »das muß ich mir aufschreiben. Also, schwarze Designersocken, karierte Baumwoll- und was noch?«

Du liebe Güte, wo würden sie enden? Pro Monat zwei Sexthemen, das waren immerhin vierundzwanzig Sexthemen im Jahr. Und das Blatt war schon einige Jahre auf dem Markt. Auch wenn man gewisse Themen nach einer Weile wiederholen konnte, waren sie inzwischen ziemlich ausgehöhlt.

»...oder Acrylsocken.«

»Ich hatte schon mit den Recherchen für eine Reportage über junge Leistungssportlerinnen begonnen«, erklärte Vera. »Plötzlich kam dieses Thema auf den Tisch. Ich dachte, ich hör nicht recht. Und dann erwischt es auch noch mich.« Vera zupfte erst an ihrem kurzen Minirock, dann an den Rosen und schließlich an ihrem Haar herum. Sie war eine zierliche, hübsche Frau mit kurzgeschnittenen Haaren, die einen guten Kontrast zu ihrem weichen, weiblichen Typ bildeten.

Sonja mußte grinsen. Vera hatte sich immer erfolgreich um die Sex- und Psychothemen gedrückt.

»Ach, Sonny, du lachst mich aus«, sagte Vera und knuffte sie in die Seite.

Sonja lachte befreit los. »Dir fällt schon was ein, Baby. Rein, raus, rein, raus. Das alte Spiel. Sind ja nur zwölf Manuskriptseiten. Oder ist es das große Stück mit achtzehn Blatt?«

Sie mußten beide lachen.

»Was macht der spargelbeinige Alp?« fragte Sonja und senkte automatisch die Stimme.

»Sie kommt fast kaum noch nach hinten«, flüsterte Vera und deutete mit einer Kopfbewegung auf den Flur hinaus.

Diese Entwicklung hatte sich erst angebahnt, als Sonja die Redaktion schon verlassen hatte. Die Macht der Chefredakteurin, die ihre Untergebenen streng wie in einer Klosterschule geführt hatte, war gebrochen. Niemand wußte so recht, warum. Ein oder zwei Frauen wünschten sich noch die alte, hierarchische Ordnung zurück – es würde immer Leute geben, die sich nach einem totalitären Führer sehnten –, aber der Rest der Redakteurinnen war dabei, das Joch abzuschütteln und Reformen zu fordern.

»Du solltest sie sehen«, wisperte Vera, die gern klatschte. »Das Gesicht aus Stein. Geht zu Mittag gar nicht mehr raus. Ißt nur noch hauchdünne Sandwiches in ihrem Büro und raucht.«

Sonja probierte, ob sie Mitleid empfinden könnte, aber es gelang ihr nicht. Der spargelbeinige Alp war eine große und magere Frau um die Fünfzig mit einem wächsernen Gesicht. Sie trug ihr dünnes, kurzes Haar aus dem Gesicht gekämmt und wählte stets hochgeschlossene, uniformähnliche Blusen und Kleider. Der Alp gehörte einem Typ Frau an, den es strenggenommen gar nicht mehr gab. Früher hatte es für ihn weit größere und unanfechtbarere Wirkungsbereiche gegeben – als Äbtissin, Oberschwester, Direktorin eines Mädchenpensionats oder Direktrice einer Schneiderschule. Frauen wie der Alp erlangten aus unerfindlichen Gründen immer eine Machtposition, obwohl auf der Hand lag, daß sie diese Macht mißbrauchten und nur ihrem eigenen Ehrgeiz dienten. Merkwürdigerweise empfanden sie sich dabei als

Märtyrerinnen und konnten nicht begreifen, warum sie nicht geliebt wurden, sie, die doch immer ihr Äußerstes gaben.

Der spargelbeinige Alp regierte die Redaktion der Frauenzeitschrift mit Drohungen und Einschüchterungen, er verbat sich jede Kritik und versuchte, kreative Kräfte und Ideen zu unterdrücken, da sie stets ein revolutionäres Potential enthielten. Und er glaubte, all dies geschehe zum Besten der ihm unterstellten Redakteurinnen.

»Oh, wenn wir sie loswürden, was für ein Fest«, seufzte Sonja. Mehrmals war sie in Ungnade gefallen, weil sie gewagt hatte, etwas zu verteidigen, was dem Alp mißfiel. Oder weil sie einen Interviewpartner vorgeschlagen hatte, den der Alp nicht kannte. Es erforderte allerhöchsten Mut, dem Alp ins Gesicht zu sehen und die Wahrheit zu sagen, denn der Alp kannte alle Finessen des Terrors. Er grüßte dann nicht mehr, tat, als bemerke er einen nicht und wandte sich bei Konferenzen ostentativ gefügigeren Redakteuren zu.

Natürlich lebte der Alp wie alle Herrscher, deren Reich auf den Fundamenten von Angst und Schrecken gebaut ist, in einer persönlichen Hölle: Er selbst hatte stets Angst, entlarvt zu werden, und traute sich nicht zuzugeben, daß er einen Begriff, einen Künstler oder irgendeine neue Bewegung nicht kannte. Er tat dann so, als sei dieser Vorschlag ganz besonders dumm oder uninteressant. Obwohl dem Alp diese Angst offenbar enorm zu schaffen machte, kanzelte er Redakteurinnen, die über irgend etwas nicht Bescheid wußten, in aller Öffentlichkeit ab.

In einer Konferenz waren sie einmal auf den Herausgeber eines großen Presseunternehmens zu sprechen gekommen. Als eine der jüngsten Redakteurinnen durch eine voreilige Zwischenfrage zu erkennen gab, daß sie mit dem Namen nichts anfangen konnte, machte der Alp sich genüßlich an ihre Hinrichtung. Seine Stimme wurde dann noch eine Nuance kühler und klarer: »Meine Liebe, wenn Sie das nicht wissen, sollten Sie die Branche wechseln.«

Im Konferenzzimmer herrschte betretenes Schweigen. Ein fleckiges, ungesundes Rot war in die Wangen der Chefredakteurin gestiegen, als zündele der Teufel selbst in ihrem Inneren nach Streichhölzern. Die junge Redakteurin saß stumm und erwartungsvoll auf dem Scheiterhaufen.

Sonja seufzte lautlos vor Erleichterung. Der Kelch war an ihr vorbeigegangen. Später aber schämte sie sich. Warum war sie nicht aufgestanden, so wie die Helden in amerikanischen Filmen das immer machten, und hatte gesagt: »Mir hat der Name auch nichts gesagt. Vielleicht sollte ich besser Prokuristin werden. Oder ein Fahrradgeschäft eröffnen.«

Von allen Dingen war es das, was sie dem Alp am wenigsten verzieh: daß er ihr gezeigt hatte, wie feige sie sein konnte. Andererseits war sie dem Alp zu Dank verpflichtet. Vielleicht mußte man ein Mal den Kopf geduckt haben, um zu begreifen, daß es ein zweites Mal nicht geben durfte.

»Das zweite Mal«, murmelte Sonja vor sich hin.

»Hast du noch was dazu?« fragt Vera und nagte an ihrem Filzstift.

»Ja«, sagte Sonja, »es gehört Mut dazu.«

»Wieso?«

»Also beim ersten Mal passiert es irgendwie und du bist selbst ganz überrascht. Aber beim zweiten Mal weißt du, was jetzt Sache ist. Du kannst dich dafür entscheiden oder dagegen. Kein Paar landet völlig überraschend zum zweiten Mal zusammen im Bett.«

»Da hast du recht. Das ist wirklich gut, Sonja. Sag mal, warum schreibst du nicht die Geschichte? Ich könnte dich vorschlagen und mich dann an meine Reportage machen.«

Sie strahlte. Sonja hob Becky vom Fußboden auf und trat mit ihr auf den Flur hinaus.

»Vergiß es, Puppe. Ich habe Erziehungsurlaub.«

»Kommst du denn wieder?«

Sonjas Blick fiel auf die Ahnengalerie der nichtssagenden hübschen Frauengesichter an der Wand.

»Weißt du, was eine Visagistin mir mal erzählt hat?« hob sie unvermittelt an. »Daß es in den Zeitschriften praktisch keine Models über fünfundzwanzig gibt. Also selbst die, die wir für toll aussehende Dreißigjährige halten, sind gerade ein- oder zweiundzwanzig.«

»Ja und?«

»Ich meine nur so. Das Bild, das wir uns von uns selbst machen, orientiert sich an Zwanzigjährigen. Und danach kommt nichts mehr. Ist doch bekloppt.«

»Okay, aber willst du jetzt deine häßliche Nachbarin in der Zeitung sehen? Das ist wie im Kino. Die Menschen wollen träumen.«

»Ja, vielleicht.« Sonja kannte das Argument. Es war ein sehr amerikanisches Argument. Dort mußte der Präsident permanent auf dem Tennisplatz herumhüpfen, damit das Volk träumen konnte, im Weißen Haus regiere ein starker Mann.

»Mein Erziehungsurlaub ist erst in vier Monaten zu Ende. Vielleicht haben sich die Dinge ja dann auch hier geklärt«, sagte sie und drückte Vera zum Abschied einen Kuß auf die Wange. Dann setzte sie Becky in den Kinderwagen und ließ sich vorn am Empfang ein Taxi bestellen.

»Acryl, Acryl, Acryl, der Alp geht ins Asyl«, sang sie im Taxi leise vor sich hin und wiegte dazu Becky auf ihrem Schoß.

Als sie vor ihrem Haus aus dem Auto stieg, kam Floh aus der Eisdiele auf der gegenüberliegenden Seite der Straße gelaufen.

»Ich habe schon auf dich gewartet. Wo wart ihr denn?«

Sonja reichte ihr Becky und richtete den Kinderwagen auf, den der Taxifahrer zusammengeklappt auf den Bürgersteig geworfen hatte. Becky begann zu weinen.

»Warte«, sagte Sonja und nahm Becky wieder auf den Arm. »Nimm du lieber den Kinderwagen.«

»Was hat sie denn?«

»Ach, sie ist müde und hungrig und hat einfach die Nase voll von Fremden, glaube ich.«

Floh schob den Kinderwagen ins Haus und begann irgend etwas zu erzählen, aber Sonja konnte sich nicht darauf konzentrieren. Sie waren fast drei Stunden unterwegs gewesen. Becky brauchte dringend eine frische Windel, außerdem mußte Sonja schleunigst ihr Fläschchen machen, sonst würde sie die ganze Zeit über ohrenbetäubend schreien. Ihr fiel ein, daß sie kein Brot mehr hatten, aber sie konnte Becky jetzt unmöglich noch zum Einkaufen schleppen.

»...Dirk in die Quere und deshalb war sie stinksauer. Mir auch egal. Was habt ihr gemacht gestern abend?«

»Nichts.« Sie suchte nach ihrem Schlüssel, während sie Becky unter dem rechten Arm hielt, und öffnete dann mit einer Hand die Tür. Es war klar, daß sie Becky jetzt nicht auf den Boden legen konnte, dazu war sie zu müde. Sie zog sich nicht aus, sondern warf nur ihre Tasche auf den Boden, ließ das Wasser laufen, drehte den Herd an, füllte einhändig den Kessel mit Wasser auf und stellte ihn auf die Platte. Dann ging sie mit Becky hinüber ins Bad, legte sie auf die Wickelkommode und begann sie auszuziehen.

Floh folgte ihr.

»Hast du schon von Inga gehört?«

»Nein.«

»Eine dieser Szene-Zeitschriften hat sie als ›Fick-Mäc‹ bezeichnet. Ist das nicht der Hammer? Und weißt du, wer dahintersteckt?«

»Nein.«

Becky fing wieder an zu quaken, und Sonja suchte ihren Schnuller. Sie fand ihn schließlich auf dem Fußboden neben der Wickelkommode und steckte ihn Becky in den Mund.

»Der schöne Fleischmann!«

»Wer?«

Sonja öffnete die Windel und stellte fest, daß die Entzündung zwischen Beckys Beinen wieder aufgeflammt war.

»Scheiß-Soor«, schimpfte sie und begann in der Schublade der Wickelkommode nach der Heilsalbe zu suchen.

»Wer?« fragte Floh interessiert.

»Das ist so eine Art Pilz, den sie immer wieder kriegt.«

»Ach so. Also Inga hat gleich einen Anwalt eingeschaltet. Finde ich auch richtig. Fleischmann hat sie irgendwie auf dem Kieker.«

»Was für ein Fleischmann?«

Die Tube mit der Heilsalbe gegen den Soor war leer. Sie würde Wolf bitten müssen, auf dem Weg nach Hause bei der Apotheke vorbeizuschauen.

Floh stöhnte.

»Sonja, der schöne Fleischmann, den kennst du doch auch. Das ist dieser dunkle, gutaussehende, der immer so französische Bommelchen-Schuhe trägt.«

Sonja hatte keine Ahnung, von wem sie sprach. Floh schlug ein ergiebigeres Thema an.

»Hoffentlich ruft der Dackel nicht wieder bei mir an. Er macht mich wahnsinnig. Dienstag abend hat er mich ins ›Queen Mom‹ zum Essen eingeladen, und ich mußte immer auf seinen Adamsapfel starren, wie der ständig hoch und runter, hoch und runter ging. Ich konnte kaum essen.«

Sonja hörte in der Küche den Kessel pfeifen, nahm Becky halbangezogen von der Wickelkommode und goß das kochende Wasser in ein Fläschchen.

Dann ging sie zum Telefon und wählte die Nummer von Wolf.

»Ständig ruft er an. Läßt sich einfach nicht abwimmeln. Nur, weil wir ein Mal zusammen waren, denkt er...«

»Ich wußte gar nicht, daß ihr.... Ja, hallo, Liebling, ich bin es. Becky hat schon wieder diesen Soor. Könntest du...? Ja, danke. Nein, nicht schlimm. Bis später.«

Sie legte auf, nahm Becky wieder auf den anderen Arm und füllte mit einer Hand das Milchpulver in das Fläschchen mit dem abgekochten Wasser.

»Es war entsetzlich.« Floh zündete sich eine Zigarette an und rutschte unruhig auf ihrem Stuhl am Küchentisch herum. Sonja schüttelte das Fläschchen und setzte sich ihr gegenüber, nahm Becky auf den Schoß und steckte ihr den Sauger in den Mund. Floh zog heftig an ihrer Zigarette.

»Weißt du, was er getan hat am Schluß? Also er liegt über mir, ganz normal, bum bum, alles noch ganz nett, plötzlich quiekt er, ganz hoch und heulend wie ein Seehundjunges, dem gerade das Fell über die Ohren gezogen wird, und fängt an zu schreien: ›Ich komm, ich komm, ich komm, ich komm‹ und bricht auf mir zusammen. Also normal ist das doch auch nicht.«

Sie sah Sonja fragend an. Becky saugte hingebungsvoll an ihrer Flasche. Sonja strich mit der Hand über den weichen Flaum auf ihrem Kopf. Sie überlegte, ob sie zum Abendessen tiefgefrorene Brötchen aufbacken sollte. Wolf liebte Brot, es war das einzige Essen, das ihm wirklich wichtig war.

Floh drückte ihre Zigarette aus und wanderte rastlos durch die Küche.

»Kann ich mal telefonieren, Sonny?«

»Natürlich.«

Das Baby auf ihrem Schoß war ganz schwer geworden, und Sonja spürte, wie müde es war. Sie brachte es hinüber in den Wintergarten, legte es auf den Bauch in sein neues Gitterbett und gab ihm seinen Schnuller. Dann ging sie zurück in die Küche und schob die gläsernen Schiebetüren zu. Ihr

Nacken schmerzte. Es würde guttun, einfach dazusitzen, ein Glas Wein zu trinken und mit Floh zu reden, auch wenn es in ihrem Leben kaum noch Gemeinsamkeiten gab.

Floh kam mit dem Telefon in der Hand vom Flur in die Küche zurück.

»Ich muß weg, Baby. Bei Stefan ist heute ein großes Essen, und ich will mir noch die Haare waschen.«

Sonja versuchte ihre Enttäuschung zu verbergen, aber Floh und sie kannten sich schon zu lange, um sich gegenseitig etwas vorzuspielen.

»Was macht ihr heute abend?«

»Wir bleiben zu Hause.«

»Könnt ihr euch denn nicht mal einen Babysitter nehmen?«

»Es ist schwierig. Becky wacht häufig auf, und um zehn Uhr bekommt sie noch ein Fläschchen und …« Sie ließ den Satz in der Luft hängen und wandte sich ab, um den vollen Aschenbecher vom Küchentisch zu nehmen und auszuleeren. Immer öfter merkte sie, wie schwer es war, den Freundinnen ihre Gefühle für Becky zu vermitteln. Natürlich könnte sie einen Babysitter nehmen. Theoretisch könnte jeder Becky die Flasche geben. Sie fremdelte jetzt zwar ein wenig und weinte, wenn ein anderer sie auf den Schoß nahm, aber wer weiß? Vielleicht verwöhnten sie das Baby auch zu sehr.

Sonja erinnerte sich plötzlich daran, wie wichtig es Floh während ihrer Schwangerschaft gewesen war, daß sie Alkohol trank.

»Na, ein, zwei Gläschen wirst du ja wohl trinken dürfen!« wiederholte sie mehrmals am Abend, wenn sie gemeinsam zum Essen ausgingen. Sonja hatte Floh nicht erklären können, daß sie keine Lust auf Alkohol verspürte, daß ihr Körper offenbar instinktiv das wollte, was jetzt für ihn richtig war. Sie gierte nach ausgepreßtem Orangensaft, nach Stille und frischer Luft, und als Becky so schwer wie eine Melone unter ihrer angespannten Bauchdecke saß, da wollte sie gar nicht mehr weggehen und am Abend nur noch liegen.

In dieser Zeit sagte Floh: »Neulich habe ich Bernadette, die Freundin von Ganser, im ›Lost Boys‹ gesehen. Der geht's blendend. Sah toll aus. Schwarze Lederjacke, weiße Latzhose und soooo ein Bauch. Sie muß mindestens im achten Monat sein.«

Sie war immer ganz fröhlich, wenn sie diese Dinge erzählte. Alle schwangeren Frauen, die Floh plötzlich hervorkramte aus ihrem riesigen Bekanntenkreis, hatten überhaupt keine Probleme mit ihrer Schwangerschaft: Sie gingen tanzen und tranken und fuhren mit ihren dicken Bäuchen Motorrad oder auf die Malediven. Kurz vor Beckys Geburt trafen dann über Floh auch Meldungen von glücklichen Entbindungen bei Sonja ein: »Also Bernadette ist durch den Park maschiert und hat sich dann bei jeder Wehe einfach hingehockt wie bei ›Häschen in der Grube‹, und Rolf mußte sie wieder hochziehen. Und ehe sie sich versah, war's wohl soweit. Sie sind grad noch rechtzeitig in den Kreißsaal gekommen.« Es klang alles so easy. Flohs Schilderungen zufolge glichen Entbindungen den lustigen Filmszenen in alten Komödien mit Doris Day und Rock Hudson. Mit dem einzigen Unterschied, daß die Männer sich nicht mehr absetzen und den nervös wartenden, saufenden Vater spielen durften.

Sonja erlebte alles ganz anders. Die Wehen setzten morgens um neun Uhr ein, und abends um sieben war ihr Muttermund gerade dreieinhalb Zentimeter geöffnet. Erst bei einer Öffnung von zehn Zentimetern würde das Baby von der Gebärmutter in den Geburtskanal gleiten. Inzwischen war ihr ganzes Wesen aufgerieben und zermürbt von den immer wieder neu anrollenden Wellen des Schmerzes. Mal kämpfte sie dagegen an mit verbissenen Zähnen und atmete erst wieder auf, wenn die Welle fort war. Mal ließ sie sich hineingleiten und wurde dann von der Wucht der Welle überrascht und sank stöhnend auf die Knie. Manchmal überraschte die Welle sie auch in einer ungünstigen Position, und dann wurde ihr übel vor Schmerzen.

Wolf wanderte mit ihr auf dem breiten Flur der alten Universitätsklinik auf und ab. Wenn die Wehe kam, stützte sie sich auf ihn oder gegen die Wand oder kniete vor einer hölzernen Besucherbank. Nichts, was bisher in ihrem Leben passiert war, hatte sie auf solche Qualen vorbereitet.

Die Ratgeberbücher, die sie während der Schwangerschaft verschlungen hatte, auch die sorgfältige Vorbereitung in der Schwangerschaftsgymnastik, schienen ihr jetzt ein Hohn. Den Schmerz veratmen. Zwischendurch entspannen. Dann wieder atmen. Ein Witz. Warum hatten sie nicht gleich gesagt: »Sie werden durch die Hölle gehen. Aber Sie werden erstaunt sein, was ihr Körper alles aushält!«?

Die Hebammen in der Klinik waren freundlich und teilnahmslos. Bei dreieinhalb Zentimetern ließ sich noch nichts machen. Statt dessen begannen sie, sich um Wolf Sorgen zu machen.

»Gehen Sie doch wenigstens einen Kaffee trinken. Wir kümmern uns schon um Ihre Frau.«

Sonja griff nach seiner Hand. Jetzt wollte man ihr auch noch den letzten Trost nehmen.

»Bitte bleib«, flehte sie ihn an. Er wich nicht von ihrer Seite.

Später durfte sie im Vorraum des Kreißsaals ein Bad nehmen. Die altmodische Porzellanbadewanne mit kleinen Füßchen befand sich hinter einem hellblauen Plastikvorhang. Dahinter tobte der Krankenhausbetrieb. Im Kreißsaal nebenan kamen gerade Zwillinge zur Welt. Das Telefon klingelte. Instrumente klirrten, irgendwelche Anweisungen wurden gegeben, jemand ließ Wasser ein, Schwestern und Ärzte rannten zwischen dem Kreißsaal und dem Vorraum hin und her.

»Sie werden sehen, das Bad wird Sie entspannen«, sagte eine der Hebammen. Sonja ließ sich in das heiße Wasser gleiten. Aber bevor sie sich zurücklehnen konnte, krallte wieder die eiserne Hand nach ihr, und sie saß in dem heißen Wasser und fror vor Unglück und Schmerzen. Die Frau im Kreißsaal, die zuerst nur herzerweichend gestöhnt hatte, schrie jetzt wie unter entsetzlichen Qualen. Sonja sah Wolf an: »Bitte hol mich hier raus. Ich möchte jetzt nicht mehr. Ich will nach Hause.«

Wolf half ihr aus der Wanne und trocknete sie sorgsam ab. Die Schreie der Frau kamen in kurzen und sehr regelmäßigen Abständen. Die Tür zum Kreißsaal wurde zugeschlagen. Nach einer Weile öffnete sie sich wieder. Jetzt hörten sie Babygeschrei.

Jemand kam in den Vorraum und telefonierte.

»Ja, sie sind da. Zwei Jungs. Alles gesund. Ja, sie war sehr tapfer.« Es war offensichtlich der Vater der Zwillinge.

Auch die Hebamme kam zurück und sah hinter den Vorhang. »Sie sind ja schon wieder aus der Wanne!« Sie schüttelte mißbilligend den Kopf.

Um zwei Uhr morgens, nach siebzehn Stunden Folter und nachdem Sonja unzählige Male gewünscht hatte, zu sterben, damit die Schmerzen endlich ein Ende hätten, kam Becky zur Welt. Als man ihr das Baby brachte, während die Ärztin zwischen ihren Beinen den Dammschnitt vernähte, wußte Sonja, daß sie das kostbarste und am härtesten erkämpfte Gut ihres Lebens im Arm hielt.

Am späten Nachmittag des nächsten Tages besuchte Floh sie im Krankenhaus und brachte auch gleich gute Nachrichten von Bernadette mit.

»Bernadette war gestern mit dem Baby auf der Geburtstagsparty von Blümchen. Der Kleene ist gerade drei Wochen alt. Aber die ist total unkompliziert. Nimmt ihn einfach in einem Tragekörbchen mit, und wenn er Hunger hat, gibt sie ihm die Brust.«

Vor ein paar Jahren noch hätte Sonja sich vielleicht gewehrt. Das stimmt doch einfach nicht. So ist es doch überhaupt nicht. So ist das Leben nur in Zeitschriften oder im Kino, oder wenn du erzählst. Aber jetzt waren sie sich nicht mehr nahe genug. Oder das Leiden aneinander war abgeschabt mit den Jahren, so wie bei alten Ehepaaren.

»Mach's gut, Schatz, wir telefonieren«, versprach Floh und gab Sonja einen Kuß auf die Wange. Sonja horchte dem Klappern von Flohs Stöckelschuhen auf der Treppe nach. Sie setzte sich an den Küchentisch, öffnete die Flasche Wein, die sie bereits auf den Tisch gestellt hatte, und goß sich ein Glas ein. Draußen war es noch immer taghell, obwohl es bereits auf acht Uhr zuging. Das Küchenfenster stand weit offen. Im Hof spielten ein paar Kinder Fangen, und ihre Schreie skandierten das Zwitschern der Vögel und das Brummen des nachlassenden Verkehrs. Sie nahm ihr Weinglas, lehnte sich aus dem Fenster und beobachtete die Kinder. Ein Riß ging jetzt durch ihre Welt. Gut.

Aber das hieß nicht unbedingt, daß sie auf der schlechteren Seite stand.

Eine schlechte Nummer
1980

Die Stöckelschuh-Mafia hatte sich im Park verabredet am späten Nachmittag, obwohl es ein windiger, kühler Tag war. Nur das dichte Grün der Bäume erinnerte daran, daß es Sommer war.

Sonja zog fröstelnd die Schultern hoch. Sie lehnte am Geländer der kleinen Holzbrücke, die sich am Eingang des Parks über einen Bach wölbte, und sah ihren Freundinnen entgegen. Die drei Frauen stakten untergehakt den vom Regen aufgeweichten Weg hinunter. Ein Zipfel von Flohs Kopftuch, das sie im Stil der fünfziger Jahre im Nacken geknotet hatte, flatterte stillos und fröhlich im Wind. Karin und Inga trugen Sonnenbrillen, in denen sich die grauen Wolkentürme spiegelten.

Sonja kniff die Augen zusammen. Ganz selten war sie in der Lage, die Stöckelschuh-Mafia von außen zu betrachten, und dann erkannte sie ohne nachzudenken, daß ihnen wie allen Cliquen etwas Lächerliches anhaftete.

Sie begrüßten sich mit Wangenküßchen. Inga verzog das Gesicht.

»Hast du zufällig eine Aspirin mit?«

»Nein«, sagte Sonja. »Du scheinst ja schwer abgestürzt zu sein.«

»Ich bin kaum aus dem Bett gekommen«, sagte Inga beleidigt und stöhnte ein wenig. »Ich habe meine Tage und blute wie ein Schwein.«

Sie hängte sich schwer in Karins Arm. Sonja hakte sich bei Floh unter, und sie grinsten sich verstohlen an.

»Aber gestern saß sie noch mit hohem Hals im ›Lost

Boys‹«, flüsterte Floh ihr zu. Floh erfand diese Ausdrücke, die die Gruppe bereitwillig annahm. Mit »hohem Hals« saß man, wenn man Ausschau nach einem Abenteuer hielt. Inga saß für Floh grundsätzlich mit »hohem Hals« im »Lost Boys«.

»Warte nur bis heute abend um elf«, gab Sonja leise zurück. »Da geht es ihr schlagartig besser.« Sie prosteten sich gegenseitig zu.

»Hoch die Tassen«, kicherte Floh.

Sie stöckelten paarweise im Kurschritt durch den leergefegten Park. Ein junges Paar in Regenmänteln und flachen Schuhen kam ihnen entgegen und starrte sie entgeistert an. An solche Blicke waren sie gewöhnt. Wo immer sie zu viert auftauchten, gab es Geschiebe und Geraune, abfällige Bemerkungen und Grinser, aber auch bewundernde Blicke und offene Komplimente der Männer.

Karin blieb stehen, wandte den Rücken zum Wind und zündete sich in der Höhle ihrer Jeansjacke eine Zigarette an. Sonja löste sich von Floh und hakte sich bei ihr unter. Seit es die Clique gab, hatten sich die vier Frauen immer wieder zu wechselnden Bündnissen zusammengeschlossen. Jede war mit jeder schon besonders eng, aber auch tief verfeindet gewesen, und die Fronten änderten sich beständig. Nur zwischen Inga und Sonja herrschte eine Dauerfehde. Sie bewunderten, beneideten und verachteten sich. Ohne Karin und Floh, die eine Art Puffer zwischen ihnen bildeten, hätten Inga und Sonja sich niemals angefreundet. Dazu waren sie sich viel zu ähnlich.

Sonja kuschelte sich an Karin. Sie liebte Karin, diese starke und zugleich so schwache Frau, wie eine Schwester. »Warst du auch aus letzte Nacht?« fragte sie Karin.

»Nein, ich habe mir bis drei Uhr nachts die Live-Übertragung des Rockkonzerts aus dem Wembley-Stadion angeschaut.«

»Und Basti hat nichts mehr von sich hören lassen?« Sonja hoffte, daß genügend Mitgefühl in ihrer Stimme schwang.

»Nein«, sagte Karin einsilbig, und Sonja wußte sofort, daß irgend jemand anderes die ganze Trennungsgeschichte schon kannte. Wahrscheinlich Inga. Sonja zeigte angeblich immer zuwenig Herzenswärme, wenn eine von Karins Beziehungen in die Brüche ging.

Sie näherten sich dem Teich mit den Schwänen und Enten. Der Wind fuhr durch die großen Blätter der alten Kastanie, die ihren Fächer über sie ausbreitete, und blies ihnen scharf ins Gesicht. Die ganze Reife des Sommers lag darin, als habe er an allem geleckt, am frischem Gras ebenso wie am gezackten Farn, an den Blüten der Blumen und den Früchten der Bäume, am kühlen Wasser des Teiches und an der fruchtbaren, bittersüßen Erde, dem Schoß der Mutter.

Aber die Frauen merkten nur, daß es kühler wurde. Floh sehnte sich nach einer Tasse Kaffee. Inga wollte sich hinsetzen, und Sonja taten in ihren hohen Schuhen die Füße weh.

Sie machten kehrt, ohne die Schleife um den See zu drehen. Karin beschwerte sich über Inga, die mit Floh zusammen zwanzig Schritte hinter ihnen ging.

»Die Miete wird automatisch von meinem Konto abgebucht, und sie zahlt ihre Hälfte dann an mich direkt. Im Moment schuldet sie mir tausend Mark, und du weißt ja, wie tief ich in der Kreide stehe. Ich wage schon gar nicht mehr zur Bank zu gehen.«

Karin holte ein Päckchen Tabak aus der Tasche und drehte sich im Gehen eine Zigarette. Sie hatte damit angefangen, weil Inga sich nie eigene Zigaretten kaufte, obwohl sie genausoviel rauchte wie die Freundinnen. Inga mochte keinen Tabak. Sie konnte nicht drehen und haßte es, wenn sie die Tabakkrümel in den Mund bekam.

»Rede doch mal mit ihr. Sie kennt doch deine Situation«, sagte Sonja ohne Überzeugung. Karin, die Gebende, hatte in

Inga, der Nehmenden, ihre große, niemals zu lösende Aufgabe gefunden, und sie wußte, daß solchen Beziehungen mit rationalen Erklärungen nicht beizukommen war.

»Ach, das nützt doch alles nichts«, erwiderte Karin. »Ich habe mich jetzt nach einem Kredit erkundigt, weil es so nicht mehr weitergeht.«

Inga und Floh hatten sie eingeholt.

»Könntest du mir eine Zigarette drehen, Engel? Ich habe meine zu Hause vergessen.« Inga hängte sich bei Karin ein, die automatisch in ihre Tasche griff und den Beutel mit Tabak hervorkramte.

»Laß nur. Ich hab.« Floh holte ihre Packung Zigaretten aus der Jackentasche und bot Inga eine Zigarette an.

Sie hatten den Parkplatz erreicht und setzten sich in Flohs alten Volkswagen, um zu beraten, was sie mit dem Nachmittag anfangen sollten. Inga schlug vor, eine Flasche Wein zu holen und zu Raimund zu fahren, um sich einen Pornofilm anzusehen. Raimund befand sich bei Dreharbeiten in New Mexico, und Inga besaß einen Schlüssel zu seiner Wohnung. Ein girrendes Lachen erfüllte den kleinen Wagen. Das Vorhaben entbehrte nicht der Pikanterie, als überträten sie ein doppeltes Verbot. Einzudringen in die Wohnung eines Mannes während seiner Abwesenheit und sich dort, in seiner Intimsphäre, einen solchen Film anzusehen – ja, das hatte was. Plötzlich fühlten sie sich frisch und jung, und im Radio kam auch gerade das passende Lied.

»No more speed I am almost there«, sang Sonja halblaut vor sich hin, die von allen alten Rocksongs die Texte kannte. Floh kurvte in ihrem Auto um die Ecke und holperte dabei über den Bordstein.

»Hoffentlich haben wir noch genug Sprit, der Benzinanzeiger ist kaputt«, sagte sie. Sie stellte das Radio lauter. »Radar Love« sang die Stimme mit unverhohlenem, nacktem Sex, und Floh hielt sich am Lenkrad fest und wippte dabei mit dem Oberkörper vor und zurück. Raimund hatte geschworen, nie wieder den Fuß in ein Auto zu setzen, in dem Floh am Steuer saß.

»Nein, nicht schon wieder, Floh«, sagte Inga genervt.

»Keine Angst. Ich habe vorgestern noch für fünfzehn Mark getankt und bin überhaupt noch nicht viel gefahren. Bis zu Raimund kommen wir auf jeden Fall.«

»Sag mal, was läuft jetzt eigentlich mit Toni und dir, Sonja?« fragte Inga und zündete sich noch eine von Flohs Zigaretten an. »Ist er gut im Bett?«

»Hab ich das noch nicht erzählt?« fragte Sonja.

»Wo kaufen wir denn den Wein ein?«

»Ich habe nur noch zehn Mark«, sagte Inga. »Kannst du mir was leihen, Floh? Ich bin völlig abgebrannt.«

Sonja und Karin, die auf dem Rücksitz saßen, tauschten einen Blick aus.

»Ich weiß nicht, ob ich genug habe«, sagte Floh ausweichend. Jede von ihnen wußte, daß man Beträge bis zu zehn Mark grundsätzlich nicht von Inga zurückbekam. Wenn man sie bei ihr einklagte, so wie Sonja das manchmal tat, gab sie einem das Gefühl, ein Pfennigfuchser und Erbsenzähler zu sein. Sie kramte dann in all ihren Jackentaschen und zahlte den Betrag in Klimpergeld zurück, um zu demonstrieren, wie lächerlich und kleinkariert sich ihr Gläubiger mit der Forderung nach Rückzahlung einer solch minimalen Summe erwies. Meist brachte sie diese auch nicht ganz zusammen und sagte dann sarkastisch: »Also zwei Mark muß ich dir morgen noch geben. Ich hoffe, du kannst das verkraften. Oder muß ich einen Schuldschein unterschreiben?«

Floh bog mit einem Ruck um die Kurve, und Sonja landete auf Karins Schoß. Hinter ihnen hupte jemand.

»Kann es sein, daß dein Blinker nicht geht?« fragte Karin.

»Keine Ahnung«, erwiderte Floh und trat auf die Bremse.

Karin und Sonja knallten gegen die Rückenlehnen der Vordersitze.

An der Tankstelle holten sie eine Flasche Wein, und Karin stellte fest, daß der rechte Blinker nicht funktionierte. Sie fuhren weiter zu Raimunds Wohnung. Wenn sie rechts abbiegen mußten, kurbelte Floh das Fenster hinunter und hielt den Arm raus.

»Meine Güte, Floh, laß doch das Fenster zu. Wir werden uns noch den Tod holen bei dieser Kälte«, sagte Inga, die wie immer vorn saß. Sie hielt sich an dem kleinen Griff über dem Handschuhfach fest und machte eine süßsaure Miene.

»Du siehst aus wie Mary Poppins«, stellte Floh fest und sah sie von der Seite an.

»Floh, bitte gib auf die Straße acht«, flehte Karin von hinten.

»Komm, Fröschlein, halt dich mit deinen Komplimenten zurück. Schieb lieber mal eine Kassette ein, die spielen ja wohl nur noch Schrott auf diesem Sender.« Floh verschwand mit dem Kopf halb unter dem Lenkrad und fischte unter ihrem Sitz nach einer Kassette.

»Vorsicht, ein Radfahrer!«

Floh tauchte wieder auf, bog mit einem blitzartigen Schwenker um den erschrockenen Fahrradfahrer herum und verschwand dann wieder zur Hälfte unter ihrem Sitz.

Karin saß steif und aufrecht auf der Rückbank und beobachtete mit Luchsaugen die Straße. Endlich kamen sie vor Raimunds Haus an. Floh fuhr ein Mal die Straße hoch und wieder runter und parkte dann direkt vor dem Haus auf dem Bürgersteig.

»Meinst du, die schleppen mich hier ab?« fragte sie.

»Glaub ich nicht«, sagte Inga. Sie war die einzige der vier Frauen, die keinen Führerschein besaß. Karin und Sonja hielten sich zurück. Sonja hatte schon zehn Punkte in Flensburg und parkte seither ausgesprochen spießig.

Sie stiegen die vier Stockwerke zu Raimunds Wohnung hoch, und Inga öffnete mit ihrem Schlüssel die zerkratzte Eisentür.

Sonjas Herz klopfte bis zum Hals. Die Wohnung roch anders als damals, vor ein paar Monaten, die wie Jahre schienen, als sie aufgelöst auf diesem Bett gelegen hatte, während Raimund sich über ihr wiegte wie ein schönes Tier. Die Luft war kühl und merkwürdig neutral.

»Ist Raimund schon lange weg?« fragte sie Inga. Inga verdrehte die Augen. Auch Karin seufzte.

»Hast du das wirklich noch nicht mitgekriegt, du Schaf? Raimund ist schon seit zwei Monaten weg.«

»Doch, doch, ich habe es nur vergessen«, sagte Sonja lahm. Es lag einfach daran, daß sie über andere Dinge nachdachte. Oder? Warum mußte sie unbedingt wissen, wer, wann, wo, warum – das war nicht von Belang in ihrem Leben.

Floh kümmerte sich um das Öffnen der Weinflasche und die Gläser. Inga wandte sich an Karin: »Bitte schau mal, ob du diesen Videorecorder ankriegst. Ich kenne mich nicht aus mit diesem Ding.«

Karin setzte mühelos das Videogerät in Gang, und die Frauen machten es sich auf Raimunds Bett bequem. Karin flocht schmale Zöpfe in Sonjas langes Haar, und Floh schmiegte sich eng an Inga. So lagen sie nebeneinander, weiche Haut, fließendes Haar, streichelnde Hände, wie Haremsfrauen auf einer Insel, umschlossen von der ernsten, nüchternen Atmosphäre des Männerraums.

»Floh und ich waren mal in Bochum im Kino, um einen Porno zu sehen. Es war grauenvoll. Nur alte Männer und ein paar Ausländer. Alle starrten uns an. Floh wurde natürlich albern«, erzählte Sonja.

»Psst, seid jetzt still.« Inga hakte sich ihren BH auf und streckte sich lang vor ihnen aus. Plötzlich hob sie ein Bein langsam seitlich in die Höhe, wie bei einer Aerobic-Übung, und fragte: »Findet ihr, daß meine Beine zu dick sind?«

Sonja sagte nichts. Floh verdrehte die Augen zur Decke. Nur Karin befleißigte sich, eine Antwort zu geben: »Ach was. Sie sind schön und ein wenig rund. Die passen wunderbar zu deinem Körper.«

Inga drehte sich zu ihr um: »Was meinst du mit rund?«

»Halt die Klappe, Inga.«

Der Film hatte inzwischen begonnen. Die Szene zeigte eine Hausfrau mit umgebundener Schürze beim Staubsaugen in ihrem Wohnzimmer. Nach kurzer Zeit stellte sie den Staubsauger aus, setzte sich auf die Couch, hob ihren Rock und zog ihren Slip aus. Sie besaß ein blasses, leicht verquollenes Gesicht, und ihre Schenkel waren weiß wie Daunenfedern. Sie strich sich mit ihren kleinen, plumpen Händen über ihre Brüste, die unter der Schürze und einer Bluse verborgen blieben, und klappte dann ihre Beine auf wie ein Taschenmesser. Die Kamera fuhr direkt auf ihr faltiges Geschlecht zu, das die wurstigen Finger sogleich ziellos und derb zu massieren begannen.

Die Erregung schoß wie eine Flutwelle in Sonjas Unterleib, obwohl sie die Frau abstoßend fand. Sie sah auf den ersten Blick, daß ihre Bewegungen vollkommen mechanisch waren und der Seestern zwischen ihren Beinen auf dem Trockenen lag. Außerdem hätte sie natürlich Mitleid haben müssen mit der Frau, die wahrscheinlich eine Prostituierte war oder drei uneheliche Kinder durchbringen mußte oder beides.

»Ich kann gar nicht hingucken«, sagte Karin, »das ist ja ekelhaft.«

Die Frau in dem Film stand unvermittelt auf, schraubte den Staubsauger auseinander und führte die Düse des Staubsaugers in ihre Vagina ein. Es schien ihr Schmerzen zu bereiten, denn das viel zu große Plastikrohr bohrte sich nur stokkend und ruckartig in die unnatürlich weit aufgespannte Scheide. Die Kamera blendete zu ihrem Gesicht über, das sie stöhnend zur Seite gewandt hielt.

Sonjas Erregung war sofort verflogen. Sie sah sich nach Floh um, die sich ein zerknülltes Kissen vors Gesicht hielt, aber mit einem Auge gespannt auf den Bildschirm sah.

»Also Spaß macht ihr das nicht«, konstatierte Inga lakonisch und strich sich wohlig über ihre Hüfte.

Die Staubsaugerszene dauerte an. Endlich klingelte es an der Tür, und ein kleiner, quadratisch aussehender Mann mit langen Koteletten trat ins Zimmer. Er öffnete gleich seine Hose, ohne sich die Mühe zu machen, sein häßliches, gelbes Nylonhemd auszuziehen und enthüllte zwischen seinen Schenkeln ein hängendes Stückchen Fleisch, daß die Frau in den Mund nahm und mühsam zu einer kümmerlichen Erektion hochlutschte. Kaum war ihr dies gelungen, packte der Mann sie bei den Hüften und stieß ihr seine halbabgeknickte Bockwurst zwischen die weißen Pobacken.

Die Mädchen kreischten vor Lachen. Nur Inga war empört: »Mal ehrlich, wenn ich als Pornodarsteller keinen Steifen kriege, habe ich doch meinen Beruf verfehlt. Oder?«

Die Kamera konzentrierte sich jetzt ganz auf Stab und Schlund, die verzahnten Geschlechtsteile der beiden Darsteller, die so widerwärtig aussahen und deren Anblick doch Sonja entflammte, als habe jemand ein Streichholz in einen Benzintank geworfen. Sie war sich bewußt, daß hinter diesen Bildern nichts war, kein Gefühl, kein Sinn, kein Zusammenhang, nur Organe, die sich ineinanderschoben, als ob man einen malmenden Kiefer beim Vorgang des Essens in Großaufnahme betrachtete. Und dennoch versetzte der Tanz des häßlichen Krummschwertes sie in Erregung, genauso wie das Betrachten einer saftigen geschmorten Entenkeule ihren Speichelfluß in Gang gesetzt hätte.

Als der Film zu Ende war, fühlte sie sich, als habe sie ihren

Hunger mit einer Tafel Schokolade oder einer Tüte Kartoffelchips gestillt.

Floh räumte geschäftig die Flasche und die Gläser weg und begann in der Küche zu spülen. Karin klopfte die Kissen auf dem Bett aus. Nur Inga und Sonja lagen völlig regungslos da.

»Trink dein Glas aus, Inga, ich muß es noch abspülen«, rief Floh aus der Küche.

»Jetzt kriegt sie einen Waschzwang«, sagte Inga gelassen und zündete sich eine Zigarette an.

Plötzlich fühlte Sonja sich ihr zutiefst verbunden. Sie liebte Ingas ehrlichen, gesunden Sex, der alle Perversionen zuließ und keiner Phantasie den Riegel vorschob.

»Ich fand es aufregend, irgendwie schon«, meinte Sonja sinnend.

»Das meinst du doch wohl nicht im Ernst«, sagte Karin.

»Karin, bitte werd jetzt nicht moralisch«, sagte Inga entrüstet und räkelte sich entspannt auf dem Bett.

»Natürlich spiegeln solche Filme reine Männerphantasien. Immer geht es gleich zur Sache, als müßten sie eine Wasserleitung reparieren. Sie holen ihr Werkzeug raus, und los geht's. Eine Frau würde das anders machen.«

»Wie denn?« fragte Sonja interessiert.

»Frauen haben viel mehr Phantasie beim Sex. Sie würden die Szenen mehr ausschmücken. Ich meine, man könnte mit einer Vogelfeder die Porille entlangfahren oder ein Ei zerschlagen, das in ihrer Rille hinunterrinnt bis nach vorn und alles schön glitschig macht.«

Sonja war entzückt.

»Ja, das stimmt. Und anstelle der Staubsaugerdüse hätte man eine dicke Zucchini nehmen können.«

Inga und Sonja blinzelten sich zu. Sie liebten es, ihre beiden Freundinnen mit ihren Phantasien zu schockieren.

»Ich finde solche Filme total abstoßend«, wiederholte

Karin. Sonja, die sich aus Gesprächen, die zu langweilen begannen, vollkommen ausschalten konnte, sang leise vor sich hin: »Der Abgrund, der Abgrund.« Sie wünschte, sie könnte die eben gesehenen Bilder ausblenden und neue erschaffen, zum Beispiel Ingas Pullover hochschieben und ihre seidigen, festen Brüste enthüllen, um sie zu streicheln mit einer wissenden, sanften Frauenhand.

»Sonja hört wieder nicht.«

»Was denn?«

»Inga hat gefragt, ob du Toni noch triffst«, sagte Karin. Sonja wußte nicht, wie das Gespräch so plötzlich eine Wendung zu Toni hatte nehmen können. Nichts an Toni verband sich in ihrer Phantasie mit Sex.

»Nein. Also direkt getrennt haben wir uns nicht. Ich habe nur nicht mehr angerufen. Und er auch nicht. Wieso eigentlich?«

»Ich wollte nur wissen, ob es wirklich zu Ende ist mit euch. Wir haben uns nämlich verabredet für heute abend.«

Inga stieß eine Rauchwolke aus und angelte mit dem Fuß gelassen nach ihrem Stöckelschuh.

Doch die Spannung lag greifbar zwischen ihnen. Karin hatte den Kopf leicht schief gelegt und beobachtete Sonja aus den Augenwinkeln. Sonja holte tief Atem und schluckte.

»Da hast du ja nicht lange gewartet«, sagte sie heiser.

Sie griff nach ihrer Jacke, stieg in die hohen Schuhe und verließ wortlos die Wohnung. Als sie im Erdgeschoß angelangt war, hörte sie, wie jemand ihr nacheilte und drehte sich um.

»Warte, Sonny.« Es war Karin.

»Hey, komm, wir gehen zusammen etwas essen. Ich kann verstehen, daß du verletzt bist. Das war gemein.«

Sonja hakte sich bei Karin unter. Sie stöckelten gemeinsam die Straße hinunter und besprachen den Fall.

»Dieses Miststück hätte wenigstens vorher fragen können, was zwischen Toni und mir noch läuft!« ereiferte sich Sonja.

Ihre Empörung war nicht gespielt, solange sie nicht genauer nachdachte. Im tiefsten Herzen aber wußte sie, daß sie eigentlich nur darauf erpicht war, die Sache hochzuspielen. Denn die Sache zwischen Toni und ihr war klein. Klein und unerheblich.

Vor ein paar Wochen hatte er sie im »Scheinwerfer« angemacht. Sie war fast in Ohnmacht gefallen. Toni sah aus, als sei er gerade dem Plakat einer Zigarettenreklame entstiegen: großer, kräftiger Körper, dichtes, schwarzes Haar, knallblaue Augen, harter, männlicher Mund. Aber dann entpuppte sich die ganze wunderbar und muskulös zusammengefügte Masse Mann als Problemfall. Er war Anfang Vierzig, unglücklich geschieden und mußte beim Essen auf seinen Magen achten. Seit der Scheidung litt er unter Sodbrennen.

Als sie zum ersten Mal zusammen ins Bett gingen, drangen Fernfahrerlieder aus dem tragbaren Kassettenrecorder auf seinem Nachttisch. Sonja versuchte nicht hinzuhören, doch obwohl sie von Tonis schwerem Körper tief in die Kissen gedrückt wurde, bohrten sich die Melodie und der eingängige Text in ihr Ohr und kreisten dann wie aufgedreht durch ihren Kopf:

»Er fährt nen Dreißigtonnerdiesel. Immer Hamburg–Lissabon. Und seine Hände sind aus Eisen...«

»Sonja! Ich rede mit dir. Hallo. Gib Antwort.« Karin kniff sie in den Arm.

»Wo wir hingehen sollen, habe ich dich gefragt.«

»Soll sie doch glücklich werden mit ihm. Schlampe«, sagte Sonja laut und fuhr unvermittelt fort: »Laß uns doch nicht zum Essen gehen, sondern lieber gleich ins ›Lost Boys‹. Es gibt da ein neues Projekt.«

Floh hatte damit begonnen, einen Mann, an dessen Eroberung man interessiert war, ein »Projekt« zu nennen.

»Wer denn?« fragte Karin neugierig.

»Das bleibt aber unter uns, okay?«

Karin ließ sich ins Taxi fallen.

»Hoch und heilig.« Sie hob die Hand.

»Dieser dunkle Typ mit den krausen Haaren, der immer mit zwei anderen Männern am hinteren Ecktisch sitzt.«

»Du meinst nicht Richie, oder?«

»Karin, ich habe keine Ahnung, wie er heißt. Er sieht so ein bißchen spanisch aus, relativ groß, schlank, mittelgutes Gesicht, schmale Hüften, guter Po, schöne Hände.«

Der Taxifahrer, ein junger Typ mit einem weichen, runden Gesicht, beobachtete sie im Rückspiegel.

»Das ist Richie.«

»Bist du sicher? Was weißt du über ihn?«

»Nicht viel«, erwiderte Karin. »Er hat eine Frau und zwei Kinder, ist aber immer nur allein unterwegs. Macht ganz schön rum, soweit ich informiert bin. Und – er hat die letzten zwei Nächte mit mir verbracht.«

»Nein. Ist das wahr? Wie ist er?«

Karin beugte sich näher zu ihr heran.

»Ich krieg Gänsehaut, wenn ich nur daran denke.«

Sie schob ihren Ärmel zurück und zeigte auf ihren nackten Arm.

»Und was ist mit seiner Frau?«

»Bis jetzt ist er jede Nacht um drei aus meinem Bett raus und unter die Dusche und dann nach Hause. So was habe ich auch noch nicht erlebt. Das ist ganz schön hart.«

Sonja lehnte sich ins Polster zurück und seufzte. Sie hatte gerade erst angefangen, sich in ihn reinzusteigern, unter anderem auch deshalb, weil es langweilig war, ohne ein Projekt im »Lost Boys« zu sitzen. Göttlicher Schwanz wahrscheinlich. Ja, ja, manchen sah man es einfach an. Anderen gar nicht. Der Taxifahrer warf ihr im Rückspiegel einen bedeutungsvollen Blick zu. Sie blickte kühl und gerade zurück, bis er sich wieder auf die Straße konzentrierte.

»Er fährt nen Dreißigtonnerdiesel. Immer Hamburg–Lissabon. Und für ihn zählt nur sein Diesel, denn der bringt ihm bares Geld«, sang Sonja vor sich hin und wunderte sich, wieso ihr dieser Satz im Kopf herumging.

Begierden
1988

Bei der Briefkastentante einer englischen Frauenzeitschrift, die auf ein wahrscheinlich erfundenes Problem Antwort gab, fand Sonja eine bemerkenswerte Erkenntnis. Es sei, so behauptete Lorean Helpurn in ihrer Sorgenkolumne, nicht unbedingt ein positives Zeichen, sein Leben lang die gleichen Freunde zu haben. Das könne auf Erstarrung hinweisen und bedeuten, daß man nur Angst davor habe, einer veränderten Lebenssituation auch ehrlich zu begegnen.

Sonja drehte und wendete diese Aussage wie Becky, wenn sie einen unvertrauten Gegenstand auf dem Fußboden fand. Die Sache war hochexplosiv. Ging sie los, würde sie ihr das Herz zerfetzen.

Karin und Floh sah sie nur noch einmal im Monat. Floh war umtriebig und tanzte auf jeder Hochzeit. Ab und zu rief sie an und erzählte Sonja, wen sie in den letzten drei Nächten getroffen hatte. Karin gründete mit einer anderen Frau eine Firma, stellte ihre gesamte Garderobe auf die Linie einer jungen, erfolgreichen Designerfreundin um und bezeichnete von nun an fast jede Begegnung als »Arbeitsessen«. Sie arbeitete viel, litt ständig unter Migräne, rauchte Kette und trank abends schweren Rotwein. Wenn Sonja sie treffen wollte, mußte sie auf Wochen im voraus einen Termin ausmachen.

Einmal verabredeten sie sich zu einem kleinen »Lunch« in der Mittagsbar eines Gourmet-Restaurants. Nach langem Hin und Her ließ Sonja Becky einfach in der Obhut ihrer polnischen Putzfrau zurück. Karin kam etwas zu spät in einem azurblauen Businesskostüm und bestellte ein Glas Champagner. Der scharfe Rauch ihrer Zigarette biß Sonja in die Nase. Sie aßen kleine Nudeln mit Flußkrebsen, und Karin erzählte von den Filmfestspielen in Cannes und der noch viel wichtigeren Filmmesse in Los Angeles. Zudem war sie zu einem Filmfestival in Brasilien eingeladen worden. Aber sie fühlte sich gestreßt und mußte dringend ausspannen. Sie fragte auch nach Becky, und Sonja antwortete knapp und allgemein, obwohl Becky jetzt auf allen vieren krabbeln konnte und seither eine neue Ära angebrochen war. Wolf und sie räumten ständig Dinge außer Reichweite, und dennoch riß Becky sich das Kinn an der Kante des Couchtisches auf und aß die Erde aus dem großen am Boden stehenden Blumentopf mit der Palme und zog sich die zwei Stufen im Badezimmer hoch, wo sie mit dem Hinterkopf auf den harten Marmorfußboden schlug.

Nach dem Essen trank Karin einen zuckersüßen Espresso, kippte routiniert einen Cognac und sah auf die Uhr.

»Verzeih, Sonny, aber ich muß los. Ich habe noch eine Unmenge Telefonate zu erledigen, und um fünf habe ich einen Date mit einen Produzenten im ›Lost Boys‹. Außerdem muß ich mich um mein Ticket nach L. A. kümmern. Was machst du jetzt?«

»Wenn das Wetter hält, gehe ich mit Becky auf den Spielplatz.«

»Du bist wirklich zu beneiden«, sagte Karin und küßte Sonja vorsichtig auf beide Wangen, um ihren Lippenstift nicht zu verschmieren.

»Einfach so in der Sonne abhängen und an nichts denken, das möchte ich auch mal wieder tun.«

Sonja versuchte, sich Karin auf dem Spielplatz vorzustellen. Wenn Karin Becky sah, streichelte sie ihr die Wange und schnalzte ein wenig mit der Zunge wie bei einem Pferd. Ansonsten war ihr das Baby in höchstem Maße unheimlich.

Sie mochte es nicht, wenn Becky an der Lederschleife auf ihren Schuhen spielte, und war ganz aus der Fassung, als das Baby einmal den Riemen ihrer Handtasche naßgenagt hatte. Zuweilen kam sie bei dem Thema Becky unvermittelt auf den Hund zu sprechen, den sie in ihrer Jugend besessen hatte.

Eigentlich war Wolf jetzt Sonjas beste Freundin. Sie teilten die nach wie vor unruhigen Nächte, in denen Becky sechs-, sieben-, achtmal aufwachte und weinte, weil sie ihren Schnuller verloren hatte oder ein Fläschchen wollte oder aus einem schlechten Traum erwacht war.

Manchmal ließ Sonja ihn ausschlafen, aber meistens saßen Wolf und sie am Sonntag gemeinsam um sechs Uhr morgens am Frühstückstisch, weil Becky wach war, ungeduldig, die Welt zu erforschen. Sie waren ein zärtliches und vertrautes Paar und erzählten sich auch den unerheblichsten Gedanken, der ihnen durch den Kopf ging, während sie darauf achteten, daß Becky sich nicht den Kopf am Tischbein stieß.

Vier Wochen bevor ihr Erziehungsurlaub zu Ende ging, stellte Sonja sich bei der neuen Chefredakteurin ihrer Zeitung vor.

Der spargelbeinige Alp hatte ausgespielt. Sonja waren die zahlreichen Wendungen des Dramas um das Ende der Chefredakteurin nur mündlich überliefert worden. Am Schluß war nicht ganz klar, ob die Redaktion es nun geschafft hatte, sie zu verjagen, oder ob der Verleger die Unzufriedenheit der Redakteure nur zum Vorwand genommen hatte, weil er ihr ohnehin kündigen wollte. Angeblich war auch die Auflage des Blattes gesunken. Da Sonja dem Putsch nicht beigewohnt hatte, blieb sie von den hochwogenden Emotionen unbeeindruckt. Hauptsache, die Frau war weg.

Der neue Chefredakteurin eilte ein guter Ruf voraus. Ihre

Kollegin Vera hatte Sonja geraten, sich möglichst schick anzuziehen. Die Neue lege Wert aufs Äußere.

Sonja hatte sich eigens einen dunkelgrünen, klassisch geschnittenen Hosenanzug zugelegt. Es ging um ihre Zukunft. Sie wollte für die Zeitung jetzt nur noch als Autorin arbeiten, allerdings mit einem festen Honorarvertrag. Das würde ihr erlauben, sich die Zeit selbst einzuteilen zwischen Kind und Schreiben.

Sie stakste auf den ungewohnt hohen Absätzen den Flur hinunter, an der Teeküche und den netten Damen aus der Schlußredaktion vorbei. Ein Schwarm Fledermäuse tobte in ihrer Magengegend.

Die Neue hatte sich einen anderen Raum als Chefzimmer erwählt, der kleiner war als der alte, aber zwei Fenster besaß, durch die das Goldlicht des Spätsommers ins Zimmer flutete. Auf ihrem leergefegten Schreibtisch lag eine einzelne dunkelrote Rose. »Ich bin Clarissa März«, sagte sie mit einem ruhigen Lächeln, und noch bevor sie sich setzte, wußte Sonja, daß sie die Frau mochte. Sie musterten sich neugierig und ohne Scheu.

Clarissa sah gut aus. Ihr Gesicht wurde von einem klaren, grauen Augenpaar beherrscht. Obwohl die Augen in dem eher großflächigen Gesicht klein ausfielen, besaßen sie eine mesmerisierende Kraft, die Sonjas Blick anzogen wie ein Magnet. Während die Chefredakteurin zu ihr sprach, fiel es ihr schwer, sich aus dem Kraftfeld der Augen zu lösen und die anderen Teile ihres Gesichts wahrzunehmen. Sie erkannte, daß die Frau etwa Mitte Vierzig sein mußte und dunkles Haar besaß, das hinten wahrscheinlich zu einem Knoten gebunden war. Aber erst bei späteren Treffen entdeckte Sonja ihre ein wenig groß geratene Nase, den vollen Mund, die kräftig gezeichneten, buschigen Augenbrauen und den schlanken Hals, den sie mit V-förmig ausgeschnittenen Seidenpullovern betonte.

»Sie sehen, daß sich einiges verändert hat in der Redaktion, und auch das Blatt wird nicht so bleiben wie es ist. Die Strukturen sind mir zu starr. Ich möchte, daß die Zeitschrift mehr Persönlichkeit bekommt. Die Maßstäbe setzen wir selbst. Wir sagen, was wir gut finden – oder was uns mißfällt. Dazu brauche ich eine intelligente, gut funktionierende und selbstbewußte Redaktion.«

Sonja nickte zustimmend. Der Gegensatz zum Programm des spargelbeinigen Alps hätte nicht größer sein können. Clarissa März fuhr fort: »Von unserer Haltung her sind wir respektlos und offen. Unsere Geschichten sind schamlos und intim – aber nicht vulgär. Und vor allen Dingen: Ich will, daß Menschen im Mittelpunkt stehen!«

Clarissa März riß in wenigen Worten ein ganz neues Konzept an, das Sonja sofort überzeugte. Während der spargelbeinige Alp vor allem daran interessiert war, das Blatt, so wie es war, aber möglichst kostendämpfend, weiterzuführen, besaß die Neue endlich wieder eine Vision von dem, was eine gute Frauenzeitschrift sein könnte.

Das Telefon klingelte, ein Moment, den der spargelbeinige Alp immer gern dazu benutzt hatte, um den Redakteurinnen zu zeigen, daß sie nur kleine und unbedeutende Rädchen im großen Gefüge des Zeitungsmachens seien. Sie sprach dann kurz mit irgendeinem Mächtigen aus dem Himmel der geschäftsführenden Redaktion, legte seufzend auf und machte eine Andeutung: »Sie wollen nicht ran, aber ich lasse nicht locker. Mit mir nicht. Nicht wahr? Wo waren wir stehengeblieben, Liebes?«

Es dauerte Jahre, bis Sonja die schauspielerische Leistung zu würdigen wußte, mit der der spargelbeinige Alp sich der Redaktion als Löwenmutter verkauft hatte. Tatsächlich hatte sie, wie man später erfuhr, allertiefsten Respekt vor ihren Vorgesetzten und hätte es sich nicht im Traum einfallen lassen, nach oben zu treten.

Die Neue indessen drückte nur ruhig und bestimmt auf den Knopf, der das Telefongespräch wieder an ihre Sekretärin zurückleitete, und sagte zu Sonja: »Sie sind eine gute Autorin, und ich möchte Sie nicht verlieren. Könnten Sie sich vorstellen, mit einem festen Honorarsatz für uns zu arbeiten?«

Sonja nickte zustimmend und ruhig. Aber auf ihren Wangen brannte die Hitze. Ganz innen schossen schon die ersten Feuerwerkskörper auf, um ihren Sieg zu feiern. Die Fledermäuse beruhigten sich. Der Triumpf breitete sich warm und wohlig über ihr Sonnengeflecht aus. Sie war wieder Journalistin. Und sie hatte es jetzt mit einer hochintelligenten Chefredakteurin zu tun, deren eigene Kreativität befeuernd und ansteckend wirkte.

Aber da war noch etwas anderes zwischen ihnen: ein Einverständnis oberhalb der Schwelle von Worten und Bewußtsein. Eine Verbindung, die alt schien, aus einem anderen Leben zu kommen schien. Sonja wußte nicht, warum sie jetzt noch einmal aufeinandertrafen. Aber sie spürte, daß ihre Seelen sich kannten.

Nach dieser Begegnung ging Sonja auf die Suche nach einem eigenen Büro. Ihre Arbeit würde nun wieder Raum beanspruchen in ihrem Leben, Raum, den sie mit Becky nicht teilen konnte. Sie fand schließlich einen freien Journalisten, der ihr ein Zimmer in einer Bürogemeinschaft anbot.

Mit Becky auf dem Arm besichtigte sie das Zimmer. Es lag in einer düsteren Altbauwohnung auf der anderen Seite der Stadt. Die zwei größeren Räume wurden von den anderen Journalisten benutzt, drei Männer, die ein paar Jahre älter waren als Sonja. Das kleine, dunkle Zimmer zum Hinterhof, das eine doppelte Balkontür aus Holz, aber kein Fenster besaß, sollte ihres sein.

Sie ließ Becky auf den vor Dreck starrenden grünen Teppichboden gleiten, betrachtete die hohe Decke und strich dann an den weißgestrichenen, kühlschrankkühlen Wänden entlang. In einer Ecke stand ein alter Ölofen, in der anderen ein alter Ledersessel. Ansonsten war das Zimmer leer.

Sie öffnete mühsam die zwei verzogenen Türen zum Balkon und trat hinaus auf einen kleinen Eisenbalkon. Im Hof spielten drei dunkelhaarige Kinder. Neben den Garagen lag ein Beet, umrandet mit roten Ziegelsteinen, deren Spitzen nach oben standen wie bei einem Gartenzaun. Eine alte Frau und eine jüngere, beide mit Kopftuch und in langen, formlosen Regenmänteln, knieten in dem Beet und lockerten mit einem Rechen die Erde auf. Aus einem der Häuser, die den Hof einfaßten, tönte arabische Musik.

Sie sagte dem kleinsten und quirligsten der drei Journalisten, der ihr auch das Bad und die schmutzige, kleine Küche gezeigt hatte, daß ihr der Raum gefalle.

In den Tagen danach überfiel sie eine bleierne Müdigkeit. Schon nach dem Frühstück wollte sie sich wieder im Bett verkriechen, die Augen zumachen und fort sein und niemandem gehören als der sanften Umklammerung des Riesen, der sie hinabzog in den Schlaf, als sprängen sie zusammen in einen bodenlosen Brunnen. All die halbdurchwachten Nächte in den neun Monaten seit Beckys Geburt schienen jetzt ihren Tribut zu fordern, und sie fühlte sich leergepumpt, schlapp und ohne einen Funken Kraft.

Sie suchte sogar einen praktischen Arzt auf, um einen Bluttest machen zu lassen, da sie sicher war, daß ihr irgendein essentieller Baustein fehle. Ein Vitamin E oder D, Calcium oder Eisen oder was immer es sonst noch an Mangelerscheinungen geben mochte. Doch der Arzt benahm sich anders, als sie erwartet hatte. Statt sie zu untersuchen und ihr Blut abzunehmen, stellte er ihr eine lange Reihe von Fragen zu ihrer Lebenssituation, die sie knapp und unwillig beantwortete, da sie nicht begriff, was das alles mit ihrem Leiden zu tun haben sollte.

»Kann es sein, daß Sie die Rückkehr ins Berufsleben belastet, daß Sie vielleicht Angst haben vor der Veränderung?«

»Hören Sie, ich habe bis vor acht Wochen vor der Geburt meiner Tochter gearbeitet. Ich habe Vertrauen in meine Fähigkeiten. Ich bin eine gute Autorin, wissen Sie, sonst hätte man mir das Angebot nicht gemacht. Und ich bin sicher, ich finde eine gute Kinderfrau, ich muß nur eine Annonce aufgeben, deshalb bin ich nicht hier, es ist nur, weil ich so müde bin.« Dann rannen ihr die Tränen herunter, und in ihrer Brust löste sich ein staubtrockener Klumpen unter Schütteln und Schluchzen in Schleim und Wasser auf.

Der junge Arzt nahm Becky von ihrem Schoß, setzte sie auf den Boden und gab ihr sterile Wattetupfer und flache Holzstäbchen als Spielzeug. Danach ließ er sich auf den Stuhl hinter seinem Schreibtisch fallen und erwartete in vollkommener Ruhe das Ende des Tränensturms. Als sie fertig war, führte er sie zu einer mit einem frischen weißen Laken überdeckten Krankenliege, klopfte ihre Brust ab, sah ihr in den Mund und setzte eine Spritze an ihrem Arm an, um ihr Blut abzunehmen. Sonja fühlte sich angenehm betäubt, der Test schien ihr nicht mehr so wichtig.

»Rufen Sie mich Anfang nächster Woche an, dann habe ich das Ergebnis«, sagte der Arzt, als hätten sie nie über irgend etwas anderes gesprochen.

Es stellte sich heraus, daß ihre Blutwerte vollkommen in Ordnung waren. Aber sie fühlte sich ohnehin besser und gab in der größten regionalen Zeitung eine Annonce auf:

»Journalistin sucht flexible, kinderliebe Frau zur Betreuung ihrer zehn Monate alten Tochter.«

Als die Zeitung erschien, war sie erschrocken, wie viele

Leute kinderliebe Haushaltskräfte suchten, Ersatzmuttis und Ersatzomas. Sie schämte sich für all diese Annoncen, die Liebe zur Arbeitsbedingung machten, als könne man so ein Gefühl mit einkaufen. Sind Sie tierlieb? Sind Sie kinderlieb? Haben Sie Spaß am Putzen? Bügeln Sie gern?

Eine etwa sechzigjährige Lektorin aus einem kleinen Theaterbuchverlag kam zu ihr, die während des laufenden Scheidungsverfahrens von ihrem Mann nicht arbeiten wollte, aber dringend ein wenig Geld hinzuverdienen mußte. Sie war kinderlos und hatte noch nie mit Kindern zu tun gehabt. Sonja führte die Frau in die Küche, bot ihr eine Tasse Kaffee an und beobachtete, wie ihre Hand zitterte, als sie die Tasse zum Mund führte. Ihre knöchernen Finger wurden von Ringen aus Weißgold umspannt, zwei davon mit hellblauen Saphiren, spitz wie Eisberge.

»Könnten Sie sich das denn vorstellen mit einem Baby und die Wohnung ein wenig sauberhalten, ab und zu über die Fußböden wischen, ein wenig bügeln und so?« fragte Sonja und deutete mit einer vagen Handbewegung über die weite Fläche des glänzenden Marmorfußbodens. Sie überlegte, ob die Frau Alkoholikerin sei.

»Ich hatte ja auch meinen Haushalt zu versorgen«, nickte die Frau, zündete sich eine Zigarette an, schloß einen Moment lang die Augen, so daß zwei kajalblaue Flecken auf ihrem faltigen Gesicht erschienen, inhalierte tief und blies dann den Rauch in Beckys rundes Babygesicht. Vorsichtig wie eine Gebrechliche führte Sonja die Frau zur Haustür. Sie versprach sich bald zu entscheiden.

Es kam noch ein junges Mädchen mit langen, gepflegten Fingernägeln und einer abgebrochenen Banklehre, die sich danach erkundigte, wie lang ihr Urlaub sei und ob er bezahlt werde. Eine junge, sympathische Frau, die eine zweijährige Tochter besaß, stellte sich vor, und Sonja war glücklich. Aber bevor sie ging, ließ sie ihr ein Buch von Ron Hubbard, dem Begründer der »Scientologischen Kirche« auf dem Küchentisch, und Sonja sagte ab. Danach erhielt sie monatelang Post von der Sekte.

Sie hatte sich vorgenommen, niemanden zu diskriminieren, aber sie sagte auch einem arbeitslosen jungen Mann ab, der ihr die Nummer seines Bewährungshelfers gegeben hatte, und einer anderthalb Zentner schweren Frau, die fast eine Viertelstunde brauchte, um sich in der Küche von dem Aufstieg zu Sonjas Wohnung im vierten Stock zu erholen.

Zum Schluß blieb eine Witwe in den Fünfzigern übrig, die zwar ein wenig langsam, aber nett und zuverlässig erschien und von der Sonja erst im Laufe der Zeit erfuhr, daß sie regelmäßig die Pension ihres Mannes im Spielcasino eines nahegelegenen Kurorts verspielte. Aber da hatte Becky sich schon an »Tante Bea« gewöhnt, und Wolf verschlang abends große Portionen aufgewärmter Schinkennudeln, die Bea drei Mal in der Woche kochte. Die Marmorfußböden wurden nicht mehr gewischt, und Sonja beobachtete, wie Becky manchmal riesige Staubflocken auf dem Boden vor sich hertrieb. Sonja griff jedoch nie selbst zu Eimer und Schrubber. Sie gewöhnte sich lediglich daran, über Schmutz und Chaos hinwegzusehen.

»Du bist jetzt eine berufstätige Mutter«, sagte sie sich, und dieser Satz besaß eine ungeheure Kraft. Er ließ sie jeden Morgen um halb sechs aufstehen und Becky trällernd begrüßen, die bereits aufrecht stehend an dem Gitter ihres Bettchens rüttelte, nach vollen Windeln roch und ihr Milchfläschchen einforderte.

Sonja fuhr gegen acht Uhr zur Arbeit, und schon wenn sie die Treppen ihres Wohnhauses hinunterging, verwandelte sie sich Stufe für Stufe in eine andere Frau. Ihre Absätze klapperten auf den Holzdielen. Sie trug jetzt vormittags wieder enge Röcke und Schuhe mit Absatz, obwohl sie die meiste Zeit allein mit ihrer Schreibmaschine war.

Der Weg zu ihrem Büro führte über den Fluß. Sie mußte mit dem Auto quer durch die Stadt fahren und geriet jeden Morgen in ein Verkehrschaos. Trotzdem liebte Sonja die Strecke. Der Fluß teilte ihr Leben geographisch in zwei Hälften: Diesseits des Flusses war sie Mutter und Ehefrau. Jenseits des Flusses war sie Journalistin.

Es war richtig gewesen, diese beiden Welten voneinander zu trennen. Sie dachte nie an ihre Familie, wenn sie im Büro saß. Aber sie betrachtete die vier Stunden, die sie dort verbrachte, als eine teuer bezahlte Kostbarkeit und arbeitete in dieser Zeit mit äußerster Disziplin, ohne sich auch nur ein überflüssiges Telefongespräch zu gestatten.

Auch mit den anderen Journalisten sprach sie selten. Oft hörte Sonja sie diskutieren, wenn sie durch den dunklen Flur ging mit dem Stahlregal, das bis zur Decke angefüllt war mit Aktenordnern, auf denen Bezeichnungen standen wie »Wunder« oder »Spiel-Shows« oder »Sport/Archiv«. Neben der journalistischen Schreibarbeit entwickelten die drei Spielkonzepte für das Fernsehen, schrieben an einer Familienserie oder arbeiteten ein Drehbuch aus, für dessen Exposé sie Filmförderung erhalten hatten. Obwohl viele ihrer Projekte im Sand verliefen, beneidete Sonja sie um die Freiheit, sich ganze Nachmittage lang um ihre Karriere kümmern zu dürfen.

Manchmal gingen sie mittags zusammen die Treppe hinunter, und die drei machten sich auf den Weg ins Restaurant, während Sonja nach Hause hetzte, weil Tante Bea immer schon in Hut und weißem Popelinmantel auf ihr Eintreffen wartete, während Becky ihren Mittagsschlaf hielt. Meist reichte die Zeit nur, sich irgend etwas aus dem Kühlschrank zu greifen, bevor das Baby aufwachte und beschäftigt werden wollte.

Ein ungewöhnlich milder und sonniger Herbst täuschte die Menschen in der Stadt über das Nahen des Winters hinweg. Wie ein buntgewebter Teppich, dessen Farben von den Kanten her unmerklich verbleichen, mischten sich die ersten Braun- und Gelbtöne in das Grün der Bäume. Die Sonne lag jeden Tag hinter einer Dunstschicht, doch die Tage erstreckten sich immer noch warm und lang und hell bis in den Abend, und Sonja verbrachte jeden Nachmittag mit Becky auf dem Spielplatz, der am Ende des kleinen Friedhofs lag, auf dem sie im Winter immer spazierengegangen waren.

Sonja freundete sich mit der Mutter eines kleinen Jungen an, während Becky im Sandkasten saß und anderen Kindern Sand in die Augen warf, die ihr im Gegenzug die Schaufel auf den Kopf hauten.

»Mein Moritz ist genauso ein Wilder«, sagte Eva, ihre neue Freundin, befriedigt. »Du kannst dir nicht vorstellen, wie er aussieht, wenn ich ihn mittags gefüttert habe. Alles voll, die ganze Küche, der Boden, selbst in den Windeln finde ich noch Gemüsereste. Aber ein Gourmet ist er! Mit Gläschenkost brauche ich ihm gar nicht erst zu kommen.«

Eva sprach so gut wie nie über irgend etwas, das nichts mit Moritz zu tun hatte. Manchmal fragte Sonja sich, worüber sie wohl vor der Geburt des Kindes geredet hatte. Eva war Landschaftsarchitektin gewesen. Sie mochte ihren Beruf nicht sonderlich und vermißte ihn auch jetzt nicht. Sie wünschte sich statt dessen ein zweites Kind, aber ihr Mann war dagegen. Er hatte sich hochgearbeitet vom kleinen Plattenverkäufer zum Talentsucher für eine große Musikfirma. Den ganzen Tag verbrachte er in der Firma, abends ging er auf Rockkonzerte.

Sonja empfand abwechselnd vages Mitleid für Evas Mann wie auch für ihre Freundin, wenn sie versuchte, sich die Gratwanderung ihrer abendlichen Unterhaltung zwischen dessen Erlebnissen in der Firma und Evas Alltag mit Moritz vorzustellen. Doch sie mußte zugeben, daß sich auch die

Gespräche zwischen Wolf und ihr fast nur noch um Becky drehten.

Sie konnte sich erinnern, denn es war gar nicht lange her, vier oder fünf Jahre vielleicht, wie sie mit Karin in einem New Yorker Café gesessen hatte, einem Raum voll seltsamer, verkanteter Gesichter, der von der kratzigen Stimme eines schwarzen Jazzsängers erfüllt war. Karin und sie tranken Gin-Tonic aus kleinen, bis zum Rand mit zerstoßenem Eis gefüllten Gläsern und sprachen über die Zukunft. Vier Monate waren sie umhergereist, durch Asien, den Südpazifik und die USA. New York war Endstation. Von hier wollten sie am nächsten Morgen zurück nach Deutschland fliegen. Aber Deutschland war weit. Sie spürten den Gin, schwer wie warmes Öl in ihren Waden und Schenkeln. Sie horchten auf die schleppende Stimme des Sängers. Durch die Scheiben trieben die Lichter der Straße herein, ließen gelben Honig über ihre Gesichter fließen und roten Port und blauen Aquavit, während draußen die Sirenen heulten, deren Klang ihnen aus amerikanischen Fernsehserien vertraut war.

An diesem letzten Abend lag das Leben vor ihnen, vielgestaltig und funkelnd wie das Café mit den fremden Gesichtern und den Lichtern der großen, unbekannten Stadt. Alles war möglich. Sie könnten auftanken in Deutschland und dann einfach weiterreisen, sich in Texas einen Job als Kellnerin suchen, bei einer deutschen Filmproduktion in L. A. anfangen. Sie stellten sich vor, Sonja würde den Hotelmanager heiraten, mit dem sie auf Hawaii eine Affäre begonnen hatte. Sie würde in einem luftigen Haus auf Maoi leben. Karin überlegte, ob sie zu ihrer Tante nach Kanada ziehen sollte. Toronto hatte ihnen gefallen. Mit wenig Geld konnte man monatelang durch Indien reisen. Vielleicht würden sie auch beruflich Karriere machen. Karin wollte alles: Karriere, einen Mann, drei Kinder, ein großes Haus, einen großen Hund. Sonja wollte nur in Bewegung bleiben, rollende Züge, fahrende Busse, surrende Autos, egal, wohin, nur den Rhythmus nicht verlieren, das Vibrieren des Motors, Landschaften wie im Kino und die Lieder der Highways.

Von all diesen möglichen Leben hatte Sonja nun eines gewählt. Sie war mit Wolf verheiratet. Und es gab Becky, ihre goldblonde Tochter. Sie besaß also eine Familie. Sie lebte in dieser Stadt in Deutschland, die als schön galt, nicht in Rom oder Tanger oder einem Ort mit unaussprechlichem Namen in Südwestafrika, nicht mal in Philadelphia, Santa Fé oder einem Landhaus an der irischen Küste. Und sie arbeitete für diese Zeitschrift. Erfolgreich. Alles war festgelegt. Bald würde sie dreißig sein. Ihr Leben verlief in ruhigen, glücklichen Bahnen. Sie mußte nur aufhören, nach all den anderen Möglichkeiten zu schielen, als sei sie eine Katze, der noch acht andere Leben zur Verfügung stünden.

Da waren auch Winkel mit kalten Schatten, natürlich. Wolf brauchte die Bewegung nicht. Er reiste nicht gern oder vielmehr, er bemerkte gar nicht, daß das Jahr verstrich und sie immer nur zu Hause saßen. Sonja aber zerfraß die Sehnsucht nach Landkarten mit vom vielen Falten dünn gewordenen Nähten, nach Luft, die überraschende Gerüche barg, Buschbrand, Kameldung oder Tamarisken, nach Essen mit fremden Gewürzen, Kreuzkoriander, scharfem Curry oder frischer Minze.

Auch über ihre anderen Begierden erfuhr Wolf nichts. Was hätte sie ihm schon sagen können?

»Manchmal phantasiere ich so vor mich hin, daß der Getränkehändler kommt, ein dunkler, stämmiger Kerl, du siehst ihn ja nie, und ich sage zu ihm: Bitte stecken Sie mir Ihr Ding einfach rein, ohne Fragen. Und dann liegen wir keuchend auf dem harten Boden, und er macht es mir, ohne etwas zu sagen. Später zieht er seine Hose wieder hoch, zerreißt die Rechnung für drei Kästen Limo und geht.«

Sex mit Wolf war nüchtern. Er mochte es nicht, wenn sie redete oder Spiele vorschlug oder ihre Phantasien erwähnte. Er sagte dann: Die meisten Frauen hätten ohnehin keinen Spaß am Sex, und das glaube er schon gar nicht, daß diese oder jene ausgefallene Geschichte ihnen gefallen könnte, nein, sie machten sich immer etwas vor, die Frauen, das hätte er längst durchschaut. Und als hätten seine Worte Macht über sie gewonnen, hatte Sonja aufgehört, auf die dunklen Triebe ihres Körpers zu vertrauen. Es gab keine Leidenschaft für Wolf, und tatsächlich konnte auch Sonja keine entdecken in dem eingependelten Hin und Her ihrer Körper. Sie wartete dann darauf, daß er kam, mal mehr, mal weniger heftig, und wunderte sich, daß er es jedesmal wieder schaffte, ohne Motor, ohne Schnörkel, ohne einen Ballon zum Aufsteigen. Wolf hätte es gern öfter gehabt, aber Sonja machte sich aus solchen Zusammenkünften immer weniger, womit sie Wolfs These schließlich bestätigte. Nur in ihren schmutzigen Phantasien wühlte sie manchmal wie in einem Haufen schimmernder Diamanten.

Und dann gab es noch etwas, was Sonja zu schaffen machte, obschon sie es vor den Freundinnen niemals zugegeben hätte: Die Zurückgezogenheit, in der Wolf und sie lebten.

Früher hatte Floh Sonjas gesellschaftliches Leben gemanagt. Floh hatte immer die Leute gekannt, zu deren Parties sie Sonja schleppte. Karin war es, die immer wußte, welches Restaurant gerade als chic galt. Und Inga schien immer informiert zu sein, wann welches gesellschaftliche Ereignis wo stattfand. Natürlich leistete auch Sonja in der Stökkelschuh-Mafia ihren Beitrag: Sie hatte fast immer einen Mann an ihrer Seite, der ihre Freundinnen zu Essen und Drinks einlud, und jeder von ihr abgelegte Lover wurde von den Freundinnen in irgendeiner Art und Weise wiederverwertet.

Jetzt stellte Sonja fest, daß sie kaum eigene Kontakte zur Szene besaß. Das war nicht weiter verwunderlich; sie war kein Gesellschaftsmensch. Sie fühlte sich unwohl in großen Gruppen. Am liebsten ging sie gepanzert mit zweien ihrer Freundinnen aus, das gab ihr ein Gefühl der Sicherheit.

Nur in Anwesenheit eines einzelnen Mannes und wenn sie spürte, daß man sie begehrte, blühte Sonja auf. Und dann gab es immer gleich eine Stichflamme, so als sei sie für gesellschaftsfähige Plänkeleien nicht geschaffen. Irgend etwas lief immer schief, beziehungsweise richtig, mit Männern, die sie nicht mehr losließen, mit tiefen Gefühlen und Liebe und Schmerz, und Sonja begriff das als eine Art ›Gentleman-Agreement‹, das die Schicksalsgötter mit ihr geschlossen hatten: »Was das gesellschaftliche Leben angeht, bist du eine Null, meine Liebe, und wirst es auch immer bleiben. An Leidenschaft und Hingabe aber soll es in deinem Leben niemals mangeln.«

Und so war es. Während ihre Freundinnen von den wichtigsten Gästen des »Lost Boys« mit Wangenküßchen begrüßt wurden, war Sonja schon froh, wenn der Besitzer der Bar sie an der Tür wiedererkannte.

Auf der anderen Seite registrierte Sonja still und nicht ohne Befriedigung, daß im Leben ihrer Freundinnen schlicht keine Männer auftauchten, die um die halbe Welt reisten, weil sie verrückt nach ihnen waren. Die Heiratsanträge aus Hawaii schickten. Sich Kinder von ihnen wünschten. Sich umzubringen drohten, falls man sie verließ. Und deshalb war Sonja eigentlich zufrieden mit dem Pakt.

Doch seit sie mit Wolf zusammenlebte, schienen ihr die Vertragsbedingungen weniger günstig. Das Leben ging an ihr vorbei. Jeden Abend saßen Wolf und sie zu Hause, und wenn das Telefon klingelte, dann war Wolfs Mutter dran oder jemand hatte sich verwählt. Wolf besaß überhaupt keine Freunde. Nur Sonntag vormittags traf er regelmäßig eine lockere Gruppe von Männern, die in einer Vorstadtkneipe zusammen Billard spielten.

Wenn Sonjas Freundinnen am Sonntagnachmittag von Filmbällen und Premieren und Eröffnungen erzählten, dann kam Sonja sich vor wie eine Auswanderin, die Besuch aus der Heimat erhält. Die Berichte von Karin, Floh und Inga ließen ein warmes, vertrautes Gefühl in ihr aufsteigen, und dennoch wußte Sonja, daß sie sich längst in einer neuen Welt bewegte und die alte hinter sich gelassen hatte.

Zumal es dort praktisch keine Familien gab. Und die ein oder zwei Paare, die sich wie Wolf und Sonja doch ein Baby geleistet hatten, taten alles, um den Eindruck, daß sich etwas in ihrem Leben geändert haben könnte, gar nicht erst aufkommen zu lassen.

Als Inga dreißig wurde und ein kleines Fest in ihrer Wohnung gab, begegnete Sonja einer Bekannten, die gerade erst entbunden hatte und die Anwesenden in einer vollkommen durchsichtigen, schwarzen Spitzenbluse überraschte. Sonja blickte schauernd auf ihre hautenge Jeans und erinnerte sich daran, wie sie nach Beckys Geburt nicht den geringsten Druck auf ihrem Bauch ertragen hatte. Sie bemerkte die tiefen Schatten unter den Augen der Bekannten und einen leichten Schweißfilm auf ihrer Stirn, und Sonja war klar, daß sie von dem puren Willen zusammengehalten wurde, nicht wie eine Frau kurz nach der Entbindung auszusehen.

Floh tuschelte Sonja ins Ohr: »Flotte Mutter, oder?«, und Sonja merkte, in welchem Maße die andere Flohs Klischeevorstellungen entsprach.

Aber Sonja wußte, wie Frauen aussehen kurz nach der Geburt: Sie hatte an sich selbst hinuntergesehen. Und sie hatte sich gezeichnet gefühlt, wie nach einem Initiationsritus. Die Mutterfrauen. Niemand maß ihren Wunden Wert zu. Nicht einmal sie selbst. Allenfalls betrachteten sie mit Abscheu ihre geschundenen Körper.

Jetzt erst, während sie die neue Mutter in ihren engen Jeans betrachtete, erkannte Sonja ihre Dummheit. Es ging um Würde, Würde dem eigenen Körper gegenüber. Auch Krähenfüße, graue Haare, Altersflecken auf den Händen und ein faltiges Dekolleté würden kommen. Wollte sie dann zu den überall straffoperierten Frauen zählen wie Raquel Welch, Cher und Joan Collins, von denen alle stets behaupteten, sie sähen wunderbar aus? Sie sahen abscheulich aus, wie mutierte Barbie-Puppen. Was sprach dagegen, so zu altern wie Simone Signoret oder Katherine Hepburn? Diese Frauen hatten ihre Würde nicht verkauft.

»Sag mal, die Geburt scheint ja ein Schönheitselexier für dich gewesen zu sein«, sagte Karin und küßte die frischgebackene Mutter auf beide Wangen. »Du siehst so glücklich aus, beneidenswert«, setzte sie hinzu und seufzte.

Sonja hatte Mühe, an sich zu halten und nicht zu schreien: »Du lügst doch!«

Doch wozu? Wen wollte sie bekehren? Karin würde immer lügen, das war Teil des Gesellschaftsspiels. Wahrscheinlich log sie ja auch gar nicht, sondern sah nur, was sie sehen wollte. Die glückliche, strahlende, schöne Mutter. So wie es sein mußte. Alles Unpassende wurde herausgefiltert. Und in ein paar Jahren würde die frischgebackene Mutter sicher noch ganz andere Komplimente zu hören bekommen: »Donnerwetter, zwei Kinder. Das sieht man Ihnen aber nicht an.« Dabei würde sie wahrscheinlich automatisch den Bauch in der Hose, Größe 36, einziehen, und den Kopf ein wenig zurücklegen und dabei lachen wie ein junges Mädchen. Der Mann indessen, der ihr das Kompliment gemacht hatte, würde sich heimlich sagen: »Flotte Mutter. Aber Hängetitten hat sie«, und sich einer Jüngeren zuwenden.

Die Hälfte der Rechnung
1980

Das Taxi hielt vor dem »Lost Boys«. Karin und Sonja wanden sich in ihren engen Röcken vom Rücksitz und stöckelten untergehakt auf den Eingang zu.

Billings, der Besitzer, stand vor der Tür und kontrollierte den Eingang. Früher war das nicht nötig gewesen, aber die Bar hatte sich zum Treffpunkt für die Leute der Filmszene entwickelt. Dann waren die Magazinjournalisten gekommen und dann die Reichen und schließlich jene, die nur kamen, weil alle anderen auch in diese Bar gingen. Um sie abzuwehren, stand Billings jetzt draußen.

Hinter Karin und Sonja drängten Leute zum Eingang und schoben die Frauen an Billings vorbei in die Bar hinein. Die Tische im vorderen Raum waren alle besetzt. Karin und Sonja bewegten sich wegen der vielen Gäste, die im Gang standen, im Schneckentempo nach hinten. Ihr Lieblingstisch befand sich im zweiten Raum der Bar, kurz vor dem Eingang zu den Toiletten. Jeder Besucher des Lokals passierte im Laufe des Abends zwangsläufig irgendwann einmal diesen Tisch und wurde dann, je nach dem Grad der Alkoholisierung der Stöckelschuh-Mafia, unauffällig oder offen taxiert.

An ihrem Tisch angekommen, zündete Karin sich eine Zigarette an, während Sonja, die vor kurzem das Rauchen aufgegeben hatte, nervös auf die Schale mit Salzbrezeln wartete. Die Frauen hatten sich an das Ambiente der Bar erst gewöhnen müssen. Nach dem »Scheinwerfer« war ihnen das »Lost Boys« zu gediegen erschienen mit seinen holzgetäfelten Wänden, den Stühlen und Tischen, die ebenfalls aus glattem, dunklen Holz waren, vor allem aber mit seiner leisen, nur zur Untermalung dienenden Jazzmusik. Obwohl das »Lost Boys« sich »American Bar« nannte, wirkte das Lokal auf Sonja im höchsten Maße europäisch. Die Gäste saßen an Tischen und tendierten dazu, sich einen Rausch anzutrinken, um die starren Regeln der Unterhaltung zu sprengen. Die ganze Anmache lief jetzt über den Kopf. Sonja erinnerte sich wehmütig daran, wie sie mit swingendem Po und einem leichten Kick in der Hüfte den »Scheinwerfer« durchkämmt hatte, hungrig nach anerkennenden Blicken, verrückt auf die fremden Körper der Männer. Es schien, als sei sie innerhalb kürzester Zeit um Jahre gealtert.

Sie blickte zu Karin, bemerkte erstaunt deren breites Flirtlächeln und folgte ihrem Blick quer durch die Bar. Sie entdeckte ihr Projekt an eine Säule gelehnt im Gespräch mit Blümchen, der jetzt endgültig zu Ingas neuem Hauptfreund avanciert war. Ihr Projekt sah heute anders aus. Seine Haare waren feucht und kräuselten sich auf der Stirn, als sei er gerade aus der Sauna gekommen.

»Das ist er.« Sonja boxte Karin aufgeregt in die Seite. »Aber er hat irgendwas Merkwürdiges mit seinen Haaren gemacht. Letzte Woche sah er besser aus.«

»Tut mir leid, Sonny. Das ist meiner, das ist Richie«, sagte Karin und spielte mit dem großen Ohrring an ihrem Ohrläppchen.

Alberto, der Kellner, brachte die Drinks, und Karin und Sonja tranken den Alkohol in schnellen Zügen und rutschten unruhig auf dem glatten Leder der Eckbank herum. Nach einer Weile, die ihnen wie eine Ewigkeit vorgekommen war, kam Richie zu ihnen, aufrecht und lässig, und fragte, ob er sich dazusetzen dürfe. Karin strahlte, und Sonja nickte frostig, weil sie um ihren Stolz fürchtete. Er hatte das, was manche Frauen eine Demutshaltung einnehmen ließ wie eine abgerichtete Hündin.

Seine leicht behaarte Männerhand faßte besitzergreifend und gleichzeitig liebkosend Karins Nacken, und Sonja fröstelte bei diesem Anblick. Sie trank die andere Hälfte ihres Glases aus und fühlte dabei ein trockenes Würgen in der Kehle, als sitze sie gefesselt auf einem Stuhl und müsse zusehen, wie er Karin auf dem Küchentisch nahm. Ein lautloses Stöhnen perlte von ihren Lippen.

»Sonja hört wieder nicht.«

Sie fuhr zusammen und versuchte zu erfassen, was geschehen war. Richie wollte ihr eine Zigarette anbieten. Seine unverschämte Hand lag jetzt auf der Zigarettenpakkung.

»Danke, ich rauche nicht«, sagte sie kalt. »Richard, nehme ich an?« Sie sah ihn fragend an.

Er lächelte geduldig, als sei er all das gewöhnt.

»Du kannst ruhig Richie sagen. So wurde ich schon als Kind genannt. Meine Mutter ist Amerikanerin.«

Da hast du aber wirklich Glück, dachte Sonja, der die ganzen Tommies und Mikes und Erics, die in Wirklichkeit Thomas und Michael und Erich hießen, auf die Nerven gingen.

Blümchen kam an ihren Tisch und fragte nach Inga. Karin senkte den Blick und zündete sich eine Zigarette an.

»Inga müßte eigentlich zu Hause sein. Vielleicht hat sie das Telefon leise gestellt oder ist runtergegangen, um Zigaretten zu holen. Hast du es schon mehrmals probiert?«

Sie macht es wirklich gut, dachte Sonja, während sie die Zitrone aus ihrem Drink fischte. Aber Inga holt bestimmt gerade keine Zigaretten. Sie raucht einfach Tonis.

Sie lutschte die Scheibe aus und beteiligte sich nur mit halber Kraft am Gespräch. Blümchen redete über Zigarren. Sie kamen von Fidel Castro und Kuba auf die teuersten Hotels von Manila zu sprechen, und die ganze Zeit über spürte Sonja die Energie von Richies Körper neben sich und glitt ab in ihre Phantasien, als bewege sie sich barfuß im Schlick.

Am Tisch wurden neue Drinks geordert. Sonja merkte, daß sie betrunken wurde. Irgendwann hob sie den Blick und tauchte zwischen den Rauchschwaden in ein Paar hellbraune Augen ein, die sie offensichtlich schon länger ansahen. Drei Tische entfernt saß er, der Mann, der sie immer nur aus der Ferne betrachtete. Er war höchstens zwei, drei Jahre älter als sie. Sein Gesicht verschwamm. Sie verlor den Kontakt zu seinen Augen und rutschte ab zu seinem kantigen Kinn, als sei sie gefallen. Dieses Kinn stand in einem seltsamen Kontrast zu seinem sanften, eher schüchternen Gesichtsausdruck.

Sonja senkte die Lider und griff zu ihrem Glas, um das Lächeln zu überspielen, das auf ihren Lippen kitzelte. Er war oft da und setzte sich immer so, daß er sie beobachten konnte. Sie hatten niemals miteinander gesprochen, und Sonja wünschte das auch nicht. Sie wollte nicht wissen, ob er Student war oder Taxi fuhr oder Bilder malte, und sie wollte ihn auf keinen Fall sprechen hören, in einer Mundart, die ihr vielleicht mißfiel. Aber wenn er da war und sie beobachtete, flirtete sie besonders heftig mit den Männern an ihrem Tisch, so als triebe sein Blick sie dazu an.

Sie geriet mit ihrem Schenkel an Richies Bein und bemerkte, daß er sich nicht zurückzog. Plötzlich fühlte sie sich wieder ganz klar im Kopf. Natürlich konnte sie Richie ihrer besten Freundin nicht wegschnappen. Das war gegen alle Regeln. Aber es gab keine Regel, die ihr verbot, mit Richie und Karin gemeinsame Sache zu machen.

Als die beiden aufbrechen wollten, bat sie Richie, sie mitzunehmen und zu Hause abzusetzen. Sie verließen gemeinsam das Lokal. Sonja verbot sich, noch einmal zu ihrem Beobachter zu blicken. Vielleicht stellte er sich genau das vor, was sie im Begriff war zu tun. Der Gedanke erregte sie.

Im Auto bekam sie Herzklopfen. Ihre Phantasien waren eine Sache, ihre Ausführung in der Realität eine andere. Dennoch mußte sie es tun, so wie sie immer alles ausprobiert hatte, als gebe es in ihrem Inneren eine besondere Energiequelle für diese Dinge.

Richie hielt am Ende der Sackgasse vor dem häßlichen gelben Mietshaus, in dem Sonja jetzt wohnte. Wenn sie sich erst einmal in der Wohnung befand, einer geräumigen Zweizimmerwohnung mit großen Fenstern im obersten Stock, vergaß sie völlig das Haus. Aber von außen konnte der Bau sie immer noch schockieren.

»Ich habe noch eine Flasche Champagner im Kühlschrank, wollen wir die nicht gemeinsam...?« Sie erschrak selbst über das Klischee. Andererseits war es einfacher, eine verrückte Sache im Rahmen gesellschaftlicher Konventionen anzugehen. Karin und Richie zögerten einen Moment. Dann sagte Richie zu und schloß das Auto ab, und in Sonja stieg der Verdacht hoch, daß er längst schon ahnte, was sie vorhatte.

Später würde er sagen, es sei eine der gelungensten Überraschungen seines Lebens gewesen. Aber Sonja war nicht so überrascht gewesen, daß alles leicht ging mit ihm und so einfach war, daß sie am nächsten Morgen nicht mehr genau sagen konnte, wie es angefangen hatte. Sie wußte noch, daß sie es ausgesprochen hatte, ganz konkret: »Ich würde gern mit euch schlafen«, aber was sie direkt danach taten, wer wen ausgezogen hatte, wie sie auf ihrem breiten Bett gelandet waren, wußte sie nicht. Merkwürdigerweise blieben kaum Bilder von dieser Nacht zurück, so als hätte die Kamera in ihrem Kopf nur jedes zehnte Bild festgehalten. Eines der wenigen Bilder, die scharf vor ihrem inneren Auge aufleuchteten, zeigte, wie Richie, vor Sonja kniend, zustieß mit seinem Schwert, während Karin ihre tränenüberströmte Freundin dabei in den Armen hielt. Sie weinte, weil es so guttat, sich gehenzulassen, ihn endlich dort zu spüren, wo er hingehörte. Aber dann hatte sie sich wieder zusammennehmen müssen, und sie hörte sich sagen: »Bitte paß auf. Komm nicht in mir. Komm in Karin.« Und er hatte sich gesättigt in Karin, nicht zu schnell, nicht zu langsam in einem cremigen Trakt, während Sonja ausgestreckt und ganz dicht bei ihnen lag, um jede ihrer Bewegungen mitzuspüren. Auch dieses Bild war scharf.

Ihre drei Körper hatten während des ganzen Liebesaktes nicht voneinander gelassen, als seien sie zu einer Raupe mit drei Köpfen mutiert, die sich bei Halbmond selbst befruchtet, und sie fühlte auch jetzt noch den Schock, den sein plötzliches Aufstehen auslöste.

Karin und Sonja zogen die Decke an sich, um die verlorene Wärme zu bergen. Aneinandergekuschelt lauschten sie auf die Geräusche, die aus dem Badezimmer drangen. Er hatte die Dusche angestellt und schien sich lange und gründlich zu waschen. Sie hörten, wie er sich den Mund ausspülte. Als er zurückkam, angezogen und in Stiefeln, roch er nach Zahnpasta und Duschgel. Er küßte beide Frauen zum Abschied, aber Sonja wandte schnell den Kopf zur Seite, so daß seine Lippen ihre Wange verfehlten und sinnlos durch die Luft fuhren. Er war jetzt der Ehemann irgendeiner anderen Frau. Warum sollte sie ihn küssen?

Aber schon am zweiten Morgen nach dieser Nacht verfolgte sie die Vorstellung von seinem Schwanz. Auf einmal verstand sie, welches Gefühl die Männer im Mittelalter dazu getrieben hatte, Frauen als Hexen auf dem Scheiterhaufen zu verbrennen. Diese Besessenheit, dieses Umhergetriebensein wegen eines Stückchens Fleisch.

In der gleichen Woche kam Floh ins Krankenhaus. Karin und Sonja fuhren sie gemeinsam hin. Karin hatte den Stadtplan auf ihren Knien ausgebreitet und dirigierte Sonja, während Floh auf der Rückbank saß und eine Zigarette nach der anderen rauchte. Es war eine reine Abtreibungsklinik, und sie lag in einem Stadtteil, in dem sie sich nicht auskannten.

Als sie in den kleinen Empfangsraum traten und die muffige Luft des Krankenhauses sich schwer auf ihre Schultern legte, begann Floh zu weinen. Die Tränen quollen unaufhaltsam aus ihren Augen, während die Sekretärin hinter der Scheibe ihre Personalien aufnahm.

Auf der Station fanden sie eine Schwester, die sie zum Zimmer brachte. Sonja legte Flohs kleinen Koffer auf das hohe Krankenhausbett. Über dem Stuhl hing bereits ein frisches, hellgrünes OP-Hemd. Es sah aus wie ein Mäntelchen mit weiten Armen und einem Band am Hals, das sich im Nacken schnüren ließ. Hinten war es offen. Sonja spürte, wie Flohs Herz sank.

»Es ist nicht fair«, sagte Floh. Ein tiefer Seufzer entrang sich ihrer Brust.

Eine ältere Schwester klopfte an die offene Tür und trat ein.

»Wer von Ihnen ist zum Abort da?« Floh trat einen Schritt nach vorn. Die Schwester musterte sie kurz: »Wahrscheinlich sind Sie morgen gegen acht Uhr dran.« Im Gehen drehte sie sich noch einmal um: »Ziehen Sie bitte gleich nach dem Waschen das OP-Hemd an.«

Sie nickten alle drei. Das Zimmer war ihnen jetzt zu eng, und sie schlenderten durch den halbdunklen Gang mit seinen hölzernen Wartebänden. Im ersten Stock fand Karin den handgeschriebenen Hinweis auf ein Raucherzimmer, und sie folgten dem Pfeil, der sie eine Treppe tiefer führte.

Das kleine Zimmer war voll mit Frauen, die dichtgedrängt in einem Dampfbad aus Zigarettenqualm saßen. Sie trugen Nachthemden und darüber Bademäntel aus Frottee oder blumig gemusterte Morgenmäntel. Floh und Karin setzten sich auf die abgewetzten Holzstühle. Eine Ausländerin, deren Gesicht so faltig war, daß sie eigentlich längst in den Wechseljahren hätte sein müssen, rückte für Sonja zur Seite. Sie nahm neben ihren Freundinnen Platz.

Die meisten Frauen waren jung, zwischen achtzehn und fünfundzwanzig, schätzte Sonja. Bis auf zwei weitere Ausländerinnen rauchten alle. Ihre Gesichter sahen kalkig aus, und sie zogen so heftig an ihren Zigaretten, als sichere ihnen jeder Zug das Überleben.

Die Türkin, die für Sonja aufgestanden war, setzte sich schwerfällig neben ein junges Mädchen und strich sich seufzend über den aufgequollenen Bauch.

Das Mädchen begann plötzlich zu schluchzen. Die Türkin nahm ihre Hand.

»Nix schlimm, tut nix weh, Spritze kriegen«, sagte sie.

Das Mädchen fingerte mit zitternden Fingern eine Zigarette aus der Schachtel. »Ich weiß«, sagte sie. »Es ist nur, weil...« Ihre Lippen bebten gefährlich, und sie sah aus, als würde sie den Satz nicht zu Ende kriegen. »Ich...« Ihre Stimme schlug hilflos nach oben aus und wurde dann plötzlich ganz ruhig: »Weil ich so allein bin.«

Im Zimmer wurde es für eine Sekunde ganz still. Die Türkin hatte offensichtlich nicht verstanden und streichelte wortlos die Hand des Mädchens. Dann begannen auch die Frauen wieder zu reden.

Gegen sechs Uhr kam eine Schwester ins Zimmer und bat die Patientinnen auf ihre Zimmer. Karin und Sonja umarmten Floh.

»Hörst du, es tut nicht weh, du kriegst eine Beruhigungsspritze. Und wenn wir am Nachmittag kommen, ist alles vorbei«, sagte Karin und rieb eine Tränenspur von Flohs Wange.

»Ja, Mama.« Floh lächelte ein wenig schief und drehte sich um, aber Sonja und Karin sahen, daß ihr die Tränen schon wieder über das Gesicht liefen.

Die Welt vor der Kliniktür umfing sie in einer schwülen Umarmung. Es war Mitte August, und in der schweren Luft lauerte schon das Sterben der Blumen und Blätter und der Wespen, die sich träge auf der Scheibe von Sonjas Auto niederließen. Sie stiegen ein und fuhren los. Karin kurbelte das Fenster herunter und ließ sich den Fahrtwind durch die Haare wehen.

»Natürlich tut es weh«, sagte Sonja unvermittelt, als Karin den Kopf wieder zurückzog.

Alles war verletzt, wenn der Fötus endlich herausgesaugt war. Aber der schmerzende Unterleib tat gut, und auch das viele Blut auf den dicken Binden, es tat gut, das zu sehen. Wenn die Seele so verletzt war, dann mußte es schließlich auch bluten, nicht wahr?

»Hat es dir weh getan?«

»Es war eine der schlimmsten Erfahrungen, die ich je gemacht habe«, erwiderte Sonja.

Ihre Abtreibung lag jetzt drei Jahre zurück. Als sie schwanger wurde, ging ihre einjährige Beziehung zu Martin gerade in die Brüche. Später erfuhr sie, daß Frauen häufig schwanger werden, wenn eine Trennung in der Luft liegt. Es ist eine Reaktion des Körpers auf Signale der Psyche.

Vielleicht wollte ihre Seele die Beziehung zu Martin retten. Vielleicht meinte sie, das sei der einzig richtige Weg. Und ihr Körper hatte zugestimmt. Schließlich strotzten ihre Zellen vor Gesundheit und warteten nur darauf, ihr biologisches Programm zu erfüllen. Aber der Kopf machte nicht mit.

Sonja wollte das Kind nicht. Martin hatte bereits eine neue Freundin, ein sehr hübsches, zartes, beinahe ätherisches Mädchen mit einem ungewöhnlichen Namen, den Sonja sich nicht merken konnte. Und Martin mußte dann auch ganz plötzlich nach Lübeck zu seiner kranken Mutter fahren, die operiert wurde, genau in der Woche, in der Sonja in die Klinik ging.

Floh war es, in deren Armen Sonja sich ausweinte. Floh brachte Sonja in die Klinik, und Floh war die erste, die am nächsten Morgen anrief und später vorbeikam mit einer kleinen Flasche Whisky. Floh war diejenige, die Sonja auch wieder abholte von der Klinik und sie ins Bett steckte und Mittagessen kochte. Martin sah Sonja erst Wochen später zufällig in einem Café, und er wunderte sich, warum sie nicht in der Lage war, normal mit ihm zu reden. Schließlich waren sie fast ein Jahr zusammen gewesen.

Sonja aber hatte viel gelernt. Sie wußte jetzt, daß die Männer sich nicht darum scherten, was in den Körpern der Frauen vor sich ging, eine Woche, zwei Wochen nachdem sie gevögelt hatten. Sie kannten die Hölle nicht, durch die Sonja und ihre Freundinnen unzählige Male gegangen waren, wenn sie auf ihre Periode warteten. Sie wußten nicht, wie das ist, wenn man fünfzig Mal am Tag zur Toilette rast, in der Hoffnung, einen winzigen Tropfen Blut im Urin zu finden. Sie ahnten nichts von den zahllosen Gebeten, Versprechungen, Schwüren, die die Mädchen in dieser Zeit zum Himmel sandten.

Und was wußten die Männer schon darüber, wie es sich anfühlt, wenn man mit weitgespreizten, angeschnallten Beinen auf einem gynäkologischen Stuhl sitzt und mit klopfendem Herzen die Folterinstrumente auf dem silbernen Tischchen neben sich betrachtet, in einem blaugekachelten Operationssaal, in dem Ärzte, Schwestern und Anästhesisten einen mit derselben Gleichgültigkeit herumrollen, mit der ein Bauer ein zitterndes, blökendes Schwein in die Box schiebt, in der es zum Schlachten gefahren werden soll?

Nichts. Die Männer saßen im »Lost Boys« vor einem Guinness und machten sich nicht den Hauch eines Gedankens darüber, was sie angerichtet hatten mit einem einzigen lustvollen Zucken ihres Schwanzes. Und die Frauen auf den gynäkologischen Stühlen mit der offengelegten Scham und der Aussicht auf Schmerzen fühlten sich immer gleich: allein.

Das hatte Sonja gelernt.

Sie näherten sich der Innenstadt. Der Verkehr wurde dichter.

»Hat sie es Carlo eigentlich gesagt?« fragte Sonja Karin, die in ihrer Tasche nach Zigaretten wühlte.

»Ja«, antwortete Karin. »Er war sehr anständig, bot ihr an, die Hälfte der Summe zu übernehmen. Aber soviel ich weiß, zahlt das die Krankenkasse.«

»Und wo ist er jetzt?«

»Er ist gestern nach Rio geflogen. Sie drehten dort eine Folge von ›Herzblut‹, und er hat die Aufnahmeleitung, soviel ich weiß.«

»Schön für ihn«, sagte Sonja sarkastisch.

»Ach komm, Sonny, was soll er denn tun? Floh war leichtsinnig, das weißt du auch.«

»Warst du noch nie leichtsinnig? Und wieso zahlen immer wir die Rechnung? Die Hälfte übernehmen. Scherzkeks.«

»Sonny, sei nicht albern. So ist es nun mal. Das ist ein Naturgesetz.«

»Das nächste Mal komme ich als Mann auf die Welt«, sagte Sonja düster.

»So toll ist das auch nicht. Stell dir vor, wie oft du dich auf dem Schulhof kloppen mußt. Vielleicht hast du später auch Potenzprobleme, kriegst keinen hoch, wer weiß?«

»Ich würde mich liebend gerne schlagen«, sagte Sonja bockig und dachte zum ersten Mal seit Stunden wieder an Richies Schwanz. Sie glaubte nicht, daß etwas passiert war. Es war der neunzehnte Tag gewesen, und er war in Karin gekommen. Aber ganz sicher war sie natürlich nicht. Sie fand es eigentlich zu früh, um irgendwelche Abkommen zu treffen, aber sie schickte dennoch eine kurze Nachricht an jene unbekannte Kraft, die über ihr Schicksal waltete und vielleicht mit sich reden ließ: »Bitte mach, daß es noch ein Mal gutgegangen ist. Ab nächsten Monat nehme ich die Pille wieder.«

Als sie von Martin schwanger wurde, hatte sie auch die Pille gerade abgesetzt. Es mußte am 27. Tag passiert sein, kurz bevor sie ihre Periode bekam, denn vorher hatte sie Präservative benutzt.

Nach dem Eingriff stand sie auf der Toilette und starrte auf die blutgefleckten Binden, aber sie gehörten nicht zu den schlanken, braungebrannten Beinen und den Füßen mit weißen Söckchen in schwarzen Ballerinaschuhen. Sie wusch sich die Hände und sah im Spiegel ein Gesicht, das rund und weiß und aufgedunsen war, und dieses Gesicht gehörte ihr auch nicht. Sie stellte fest, daß die ganze Sache nicht ihr passiert war, sondern einer Sonja-ähnlichen Person, deren Reaktion sie emotionslos beobachten konnte.

Vielleicht meinte ihre Seele, daß dies der sinnvollste Weg sei, heil aus der Angelegenheit zu kommen.

Viel später erst träumte sie von süßen Babys und Geburten und auch davon, daß sie Martins Schwanz mit einem Brotmesser abgeschnitten und in einen kleinen, selbstgezimmerten Sarg gelegt hätte, den sie in der Tasche ihres Regenmantels immer bei sich trug.

Der Seitensprung
1988

Eines dieser spurenlosen Modellgesichter lächelte von der Wand auf Sonja hinunter. Das Titelbild für das nächste Heft. Clarissa März hatte versucht, sich von den immer gleichen Titeln der Frauenzeitschriften im Handel durch ein Schwarz-Weiß-Cover abzusetzen. Es war ihr gelungen. Die Zeitschrift wirkte neuer, moderner, ohne ihre Erkennungsmerkmale verloren zu haben. Das Mädchen auf dem Cover trug eine Jeans und ein weites T-Shirt, das ihr an einer Seite über die Schulter fiel und einen wohlgerundeten Busen freilegte, ohne die Brustwarze zu zeigen.

Die Redakteurinnen saßen um den weißen, halbrunden Konferenztisch im Zimmer der Chefredakteurin, tranken Kaffee, diskutierten über den neuen Titel und blätterten in ihren Unterlagen. Die Chefredakteurin betrat den Raum und bildete sofort den Anziehungspunkt, um den alle sich scharten.

Sonja schlug die Beine übereinander und versuchte ihren engen grauen Rock Richtung Knie zu ziehen. Der Stil der Konferenzen hatte sich geändert. Neben Clarissa, die sich stets in gedämpft-elegante Designerstücke hüllte, bemühten sich die anderen Frauen plötzlich auch um eine erlesene Garderobe, so daß Sonja manchmal den Eindruck abschütteln mußte, sich auf einer Cocktailparty zu befinden. Auch der Ton der Konferenzen war jetzt anders. Ein Feuerwerk von Emotionen und Witzen, kreativen Vorschlägen und Kritik entlud sich an diesen Morgen, und oft fühlte Sonja sich wie beschwipst, wenn sie das Konferenzzimmer verließ.

Clarissa März trug in ihrer klaren Art sofort die zu bewältigenden Aufgaben vor. Die dickeren Hefte standen an – die Redakteurinnen stöhnten –, sie brauchten gute Interviewpartner, Ideen für einen Sonderteil und ein paar attraktive Themen, die man in einem Radiospot bewerben könne.

»Ich würde gern mal was über Seitensprünge lesen«, sagte Sonja. Der Vorschlag erntete Beifall.

»Es gibt eine Untersuchung, daß Männer erst nach sieben, Frauen aber schon nach vier Jahren sexuell kein Interesse mehr an ihrem Partner haben«, sagte Clarissa. Sonja sah sie verblüfft an.

»Wirklich? Länger nicht? Also das möchte man schon lesen.« Sie rechnete still im Kopf nach und stellte fest, daß sie mit Wolf seit fast vier Jahren zusammen war. Und war es nicht so, daß sie immer konkreter über einen Seitensprung nachdachte? Warum sonst war sie auf das Thema gekommen?

Am Wochenende hatten Wolf und sie ein Essen gegeben, und danach war Sonja auf Blümchens Schoß gelandet, angetrunken, eigentlich im Scherz, aber gleich war diese Stichflamme hochgegangen, wuchs bis zur Decke, und Blümchen holte Eiswürfel aus seinem Whisky und warf sie zwischen ihre nackten Schenkel. Und da war klar, daß sie auf einer Zeitbombe saß. O ja, sie wußte, wie sie auf das Thema gekommen war.

Sonja fing noch am nächsten Morgen an, in ihrem Büro an dem Artikel über den Seitensprung zu schreiben. Eine ganze Weile starrte sie erst einmal durch die verglasten Scheiben der Balkontür. Draußen nieselte es.

Dann schaltete sie seufzend ihre Schreibmaschine ein. Sie versuchte, einen Einstieg in den »Seitensprung« zu finden. Irgendwo hatte sie gelesen, daß Graugänse und Pinguine ihr ganzes Leben monogam blieben. Warum nur wurde es den Menschen nicht genauso leicht gemacht?

Sie stand auf und ging in die kleine Küche, um sich einen Kaffee zu machen. Der hochaufgeschossene, schlanke Körper eines Mannes lehnte im Türrahmen.

»Hey. Guten Morgen.«

Sonja schob ihn beiseite. »Wie geht's?« Sie trat in die Küche und drehte sich lächelnd um. Von den drei Journalisten, die in der Wohnung arbeiteten, mochte sie ihn am liebsten.

»Danke. Gut. Brauchst du heißes Wasser?« Er hatte einen Kessel mit Wasser aufgesetzt.

»Ja, bitte.« Sie beobachtete, wie er einige Löffel Tee in eine kleine Kanne füllte. Strenggenommen sah er nicht besonders gut aus: Er besaß eine Halbglatze und eine etwas zu große Nase, war unangenehm braungebrannt, so als verbrächte er seine Urlaube am Swimmingpool, und trug geschmacklose Pullover und schlechtgeschnittene Jacketts aus den Modeboutiquen der Fußgängerzone.

Aber seine Hände waren schön, mit schlanken, sensiblen Fingern, die gelassen ihrer Arbeit nachgingen. Finger, die so geschmeidig über die Tastatur seines Computers glitten wie die eines Pianisten über die Tasten seines Klaviers.

»Sieh ihn dir an, diesen Satan der Tasten«, hatte einer seiner Partner einmal zu ihr gesagt, und das stieß Sonja darauf, daß er etwas von einem Priester an sich hatte. Vielleicht wurde dieser Eindruck durch den seltsamen Schmuck hervorgerufen, den er trug. An seinem rechten Handgelenk befand sich ein breiter goldener Armreif mit mehreren Reihen voll eingravierter Zeichen, die ägyptischen Hieroglyphen ähnelten. Es gab gerade Linien darauf, die wie Pfeile auf ein Dreieck zuschnellten, und wellenförmige Linien mit Köpfen, die gleich Samenfäden auf kreisrunde Kugeln zuschwammen.

An seiner linken Hand legte sich eine goldene Schlange mit einem breiten, nach oben abgeflachten Kopf aus Gold um seinen Ringfinger. Der Schmuck war ungewöhnlich für einen Mann.

Sonja füllte einen Löffel löslichen Kaffee in eine Tasse, und sie warteten gemeinsam auf das Pfeifen des Kessels.

»Kannst du mir etwas über Seitensprünge erzählen?« fragte sie scherzend. »Ich brauche fünfeinhalb Seiten.«

»Da fragst du den Falschen«, sagte er bedächtig. »Ich bin seit zehn Jahren verheiratet.«

»Das wußte ich gar nicht«, sagte sie schnell und halb entschuldigend. »Habt ihr Kinder?«

Die Frage war ihm offensichtlich zu intim. Er legte seine hohe Stirn in Falten und strich sich über die braunen Lokken, die von der halben Höhe seines kahlen Kopfes bis auf die Schultern fielen, was ihm Ähnlichkeit mit Ian Anderson, dem Leadsänger von Jethro Tull, verlieh.

»Nein, wir haben uns bewußt dagegen entschieden. Meine Frau würde niemals ihre Karriere aufs Spiel setzen, und ich kann mit Kindern nichts anfangen. Kinder bedeuten Chaos, und Chaos ist mir ein Greuel. Wir sind beruflich stark engagiert, und in der wenigen Zeit, die uns gemeinsam bleibt, genießen wir den Luxus, unsere Ruhe zu haben.«

»Was macht denn deine Frau?« fragte Sonja neugierig.

Er strich ein paar nicht vorhandene Krümel vom Küchentisch und antwortete langsam, als könnten seine Worte falsch ausgelegt werden: »Sie ist Richterin. Eine der jüngsten in Deutschland, soweit ich informiert bin.«

Plötzlich fiel ihr das Foto ein, das auf seinem Schreibtisch zwischen zwei Büchern klemmte. Sonja hatte es einmal betrachtet, als sie allein im Büro war. Es zeigte eine mittelgut aussehende Brünette in einer schwarzen Richterrobe, die mit einem beschäftigten Gesichtsausdruck und einem halben Lächeln in die Kamera blickte. Sonja hatte dieses Foto eigenartig gefunden, denn die Frau war nicht besonders gut getroffen. Der eigentliche Grund, warum er dieses Bild von ihr ausgesucht hatte, schien die Arbeitskluft zu sein, in der sie sich befand.

Sie versuchte sich zu erinnern, welche Fotos von ihr den Männern ihrer Vergangenheit gefallen hatten.

Jean-Francois, ihr dicker, wollüstiger, deutsch-französischer Geliebter, hatte ein Polaroid von Sonja an seinen Spiegel geklemmt: Sonja am Strand, nackt von hinten, vor einem türkisblauen Meer, mit blonden, sonnengebleichten Haaren, die über den Rücken fielen, und einer Flasche Champagner in der Hand. Jean-Francois hatte es an seinen Spiegel gehängt wie eine Jagdtrophäe.

Martin hatte ein Foto von Sonja mitgenommen, auf dem sie einen Joint in der Hand hielt, während ihr das lange, blonde Haar ins Gesicht fiel. Es war im Winter aufgenommen worden, in Amsterdam, und sie saß auf einer Bank und hatte den neuen, schwarzen Secondhandpelz an, den sie gerade erst auf dem Flohmarkt erstanden hatte.

Wolf liebte ein Foto von ihr, auf dem sie mit nackten Füßen in einem Bach stand, in einem weißen, weiten Sommerkleid, und lachend auf ihren dicken Bauch zeigte, in dem Becky heranwuchs.

Keiner ihrer Männer wäre je auf die Idee gekommen, ein Foto zu stibitzen, auf dem sie hinter einer Schreibmaschine saß. Was sie bei ihr suchten, war immer zuerst das Fleisch, ihre Sinnlichkeit, Hülle und Fülle.

»Weißt du zufällig, ob Affen als untreu gelten?« Vom Affen konnte sie sich dann hochhangeln zum Menschen. Warum nicht?

Er sah sie an, als hätte sie nicht alle Tassen im Schrank. Dann goß er sorgfältig das kochende Wasser erst in ihre Kaffeetasse und dann in seine kleine Teekanne. »Nein«, sagte er, »aber ich habe mal eine Orang-Utan-Geschichte recherchiert, aus der dann nichts geworden ist. Ich kann dir die Telefonnummern von einigen Zoologen geben.«

»Vielleicht komme ich darauf zurück«, erwiderte Sonja, nahm ihren Kaffee und verzog sich wieder in ihr Büro. Humor hatte er jedenfalls nicht, der Priestermann.

Als sie mittags nach Hause kam, fand sie die Wohnung unordentlicher denn je, obwohl es eigentlich wie immer aussah. Im Badezimmer lagen die Handtücher am Boden, die große Luxusbadewanne mit eingebautem Whirl-Pool war bedeckt mit der üblichen und wahrscheinlich kaum noch zu entfernenden Schicht Dreck. Wie immer trieben große Staubflocken leicht und anmutig über den Marmorfußboden, und überall trat man auf knirschende Zwiebackkrümel, die Becky halbzernagt aus ihrer kleinen Faust fallen ließ. Das untere Bücherregal war ausgeräumt, das war neuerdings eine von Beckys Lieblingsbeschäftigungen, und rund um die großen Blumentöpfe hatte sie kleine Berge aus Blumenerde aufgehäuft.

Tante Bea stand schon angezogen an der Haustür und klagte über die viele Bügelwäsche, die sie neuerdings hätte. Sonja hob wortlos einige Teile vom Babyspielzeug auf und legte sie in einen bunten Korb, der mitten im Schlafzimmer stand.

Dann holte sie Becky, die aufgewacht war, aus ihrem Gitterbett und küßte sie auf ihre fleischige Backe, und das Baby sah sie strahlend an und gluckste vor Vergnügen. Da wußte Sonja sofort, das Becky und das Chaos um sie herum ein unschätzbarer Reichtum waren: der Geruch des Babys, der jetzt aus dem Gitterbettchen aufstieg, der Geschmack von Kaffee in der allerersten Morgenstunde, wenn die Stadt noch unverletzt lag vom Lärm, das Gefühl eines schutzbedürftigen, weichen Kinderkopfes in der Höhle der Hand. Wußte er von all diesen Schätzen, der Priestermann?

In den folgenden Tagen fing es an, wie eine langsam heraufdämmernde Krankheit, die mit einem Kratzen im Hals beginnt. Erst dachte sie nur abends vor dem Einschlafen an ihn, dann manchmal auch während des Tages, schließlich dauernd. Ihr wurde schon flau, wenn er nur über den Flur ging, an ihrer offenen Bürotür vorbei.

Sie entdeckte, daß er weiche, sinnliche Lippen besaß und träumte von der heimlichen Begegnung ihrer Zungen in dem halbdunklen, kalten Flur zwischen den Büros.

Sie begann sich mit besonderer Sorgfalt zu schminken, trug nur noch kurze Röcke und kaufte bei Karins Designerfreundin weiche Pullover aus reinem Kaschmir, für die sie sorglos den größten Teil ihres Gehalts ausgab. Die Männer auf der Straße blickten sich reihenweise nach ihr um. Aber der Priestermann blieb ungerührt.

Sonja hatte nicht geglaubt, daß es Männer wie ihn gab. Priestermänner. Männer, die etwas Unverdorbenes besaßen und sich in ihre Abstinenz hüllten wie in eine kratzige Jacke. Die Männer in Sonjas Leben waren alle dem gleichen Sumpf entstiegen – einer hemmungslosen promiskuitiven Szene. Wolf und sie hatten den Begriff »Treue« vorsichtig ausgeklammert in ihrer Ehe. Sie wußten um die möglichen Verletzungen, aber keiner von ihnen war bereit, das Thema auch nur anzuschneiden. Und bisher war ihnen ja auch noch nichts geschehen. Aber jetzt lag die Gefährdung in der Luft wie der beizende Geruch von Brand.

Wenn niemand im Büro war, erforschte sie seinen Schreibtisch. Einmal fand sie das offenliegende Schreiben einer Versicherung und entdeckte, daß sein Geburtstag gerade erst eine Woche zurücklag. Anfang November. Ihr Herz klopfte wie bei einem Dieb. Sie könnte ihn auf einen Drink einladen. Aber was dann? Sollte sie die Augen niederschlagen, in ihrem Gin-Tonic rühren und sagen: »Lieber Priestermann. Ich weiß, du bist glücklich verheiratet. Ich bin es auch. Trotzdem verdreht mir deine Gegenwart den Kopf, ich möchte mit dir ins Bett, aber nicht nur das. Ich glaube, wir könnten eine leidenschaftliche Affäre haben.«

Sollte sie das sagen? Oder was? Andererseits mußte sie etwas tun, denn wenn sie ihm die Dinge überließ, würde nie etwas geschehen.

Am nächsten Tag übergab sie ihm ein Buch als Geschenk. Auf die erste Seite hatte sie geschrieben: »Fünf Nachrichten verworfen, diese gerettet: Ich würde dich gern auf einen Drink treffen. Wir könnten auf deinen Geburtstag anstoßen.«

Sie wußte, daß er schockiert war. Er kam in ihr Zimmer, um abzusagen, aber irgendwie verhedderte er sich dabei in seiner eigenen Logik, und dann waren sie plötzlich doch verabredet, in einer Bar ganz in der Nähe.

Sie brauchte Stunden, um sich zurechtzumachen für den Abend und obwohl er noch nicht da war, als sie in die halbleere Bar kam, fühlte sie sich gelöst und zuversichtlich. Sie setzte sich an einen Zweiertisch mit dem Blick zum Eingang, strich mit dem Finger über das glattpolierte Holz ihres Tisches und dachte an seine Hände. Als sie aufblickte, kam er zur Tür herein, suchte mit den Augen die leeren Barhokker an der Theke ab, entdeckte sie dann an dem kleinen Tisch in der Mitte des Raumes und hob grüßend die Hand. Das Treffen entwickelte sich sehr schnell zu einem Desaster.

Er wußte offensichtlich nicht, was sie von ihm wollte, oder seine Priesterseite unterdrückte das Wissen darum, was es sein könnte. Sie verfingen sich in berufsbedingten Themen und spürten beide, wie merkwürdig es war, hier zu sein und über irgendwelche Chefredakteure zu reden, zu einer Zeit, da Sonja normalerweise Becky ins Bett brachte und er mit seiner Frau zu Abend aß, und diese Merkwürdigkeit ließ ihr Gespräch versickern, bis sie sich schließlich wortlos gegenübersaßen. Sonja beschloß ihr Schicksal in die Hand zu nehmen, rührte kurz in ihrem Gin-Tonic und blickte ihm dann ganz gerade in die eisvogelblauen Augen: »Weißt du eigentlich, warum du hier bist?«

»Nein, eigentlich nicht«, erwiderte er und schlug auch nicht die Augen nieder.

»Ich finde dich gut. Ich finde dich sogar sehr gut«, sagte sie noch einmal mit Nachdruck, »hast du das nicht bemerkt?«

»Nein«, sagte er und lachte verlegen und doch beglückt, als habe er ein unerwartetes Geschenk erhalten, und seine Hände begannen zu zittern, so daß er es gar nicht auspacken konnte. Aber dann wanderten die unruhigen Hände mit den schlanken Fingern doch über die Tischplatte und legten sich zitternd auf Sonjas Hände und streichelten sie, und die ganze Zeit lachte er und redete sinnloses Zeug. Sonja war über diese unerwartete Wendung so verblüfft, daß sie überhaupt nicht mehr sprach und seinen unzusammenhängenden Sätzen nachhorchte wie der schwer verständlichen Botschaft einer unter Schock stehenden Person.

Er versuchte sie in die Arme zu nehmen, aber der Tisch stand zwischen ihnen. Die Bar hatte sich gefüllt, ohne daß sie es bemerkt hatten, und der Raum wirkte plötzlich kleiner als zu Beginn des Abends. Die Luft war gesotten mit Rauch und dem leicht faden Geruch von zuviel Menschen. Sie zahlten und gingen hinaus. Draußen sogen sie den eiskalten Atem der Nacht ein wie reines Kokain.

Der Priestermann legte einen Arm um sie und zog sie an sich. Ihre Körper fügten sich zueinander, als hätten Götter sie modelliert, einer im anderen zu ruhen. Sonja lehnte sich an seinen warmen, gesunden Körper und suchte die feuchte Hitze seines Mundes.

Von diesem ersten Moment an, während ihre Zungen sich vermählten und das Glück aus der Tiefe ihrer Körper aufschoß wie ein Mörderfisch, wußte Sonja, daß ihr Verhältnis gefährlich war. Und doch unterschätzte sie noch die Kraft ihrer Liebe und das Ausmaß ihrer Zerstörungsfähigkeit.

Arm in Arm gingen sie weiter und ließen nur ihre Körper sprechen. Vor Sonjas Auto blieben sie stehen, küßten sich noch einmal und hielten sich ganz fest, um nicht unterzugehen in dem Sturm ihrer Gefühle. Noch konnten sie nicht an Vereinigung denken. Welches Boot würde auch mitten im Sturm sämtliche Segel setzen?

Wie in Trance fuhr Sonja unter dem lichterhellen Nachthimmel der Stadt nach Hause. Wolf schlief schon, als sie sich in die Wohnung schlich. Sie schlüpfte neben ihn und wickelte sich fest in ihre Decke. Ihr Puls raste. Sie verlangte nicht nach Schlaf. Schatten wanderten durch das Zimmer. Der Priestermann hatte die Kontrolle verloren. Jetzt trieben sie also hinaus auf den offenen Ozean. Sie warf einen schnellen Blick zurück. Ein Licht, das flackerte und kleiner wurde, bis die Dunkelheit es ganz verschlang. Sie öffnete die Augen. Neben ihr atmete Wolf. Hatte sie doch geschlafen? Das Licht strich über die Zimmerdecke. Ein Autoscheinwerfer. Sie schloß wieder die Augen.

Ein klaftertiefes Loch. Vor ihnen lag das Nichts. Um ihr Boot herum tobten schwarze Wellen, leckten an seinem Holz, schoben es auf schäumende Wasserberge und ließen es in höllischer Fahrt vom Gipfel hinuntersausen in bodenlose Tiefen. Sie versuchten sich festzuhalten, aber nichts war angenagelt und alles, was sie anfaßten, paßte sich den Bewegungen des Bootes an. Plötzlich schrie ein Kind. Sonja sah, daß Becky in den Wellen trieb, stürzte ins Wasser, bekam sie zu fassen und schloß sie in ihre Arme. Aber sie schrie immer noch, und auf einmal wußte Sonja, daß sie Hunger hatte und tastete sich mühsam zurück ins Leben, und da stand Becky und rüttelte an den Stäben ihres Gitterbetts, das kleine Gesicht rot und vor Empörung verzogen. Der Himmel stand in Flammen. Es war Morgen.

Sie jagte ins Büro, ihre Welt jenseits des Flusses. In ihrer Schreibmaschine steckte ein Blatt Papier. Sie riß es heraus:

NUR DIE SCHATTEN KENNEN KEINE WÜNSCHE,
UND NUR STEINE WARTEN NIE.

TAUSEND JAHRE
SIND WENIGER ALS EIN HERZSCHLAG
FÜR SIE.

Er mußte also gestern nacht noch im Büro gewesen sein. Sie nahm die Nachricht und wanderte mit ihr in der leeren Wohnung herum. Die anderen fingen immer erst gegen zehn Uhr morgens zu arbeiten an, wenn Sonja schon fast zwei Stunden im Büro war. Sie setzte sich auf seinen Schreibtischstuhl aus weichem, schwarzem Leder und las die Nachricht wieder und wieder, als enthalte sie ein Geheimnis, das es zu entschlüsseln gelte. Steine, Schatten, Warten, was sollte das bedeuten? Er machte sie verrückt, dieser Priestermann. Sie ging auf die Toilette und streckte sich selbst die Zunge raus. Dann machte sie sich einen Kaffee in der dreckigen kleinen Küche und setzte sich wieder in ihr Büro.

Sie schob ein weißes Blatt Papier in die Walze ihrer Schreibmaschine. Eigentlich mußte sie arbeiten. Aber ihre Finger bebten, ihm eine Antwort zu formulieren, und sie tippte drauflos, bis sie schließlich die Worte fand:

DAS FEUER, DAS DU FÜRCHTEST,
WIRD DICH LÄUTERN.
TRITT NICHT DIE FLAMME KLEIN.

Befriedigt faltete sie das Blatt zusammen, steckte es in einen Umschlag und legte es auf seinen Schreibtisch.

Er kam genau zu der Zeit, zu der er immer kam, nicht eine Minute früher. Sie war wütend. Sollte er zur Hölle fahren.

Er trat in ihr Zimmer. Sie hämmerte auf ihre Schreibmaschine ein. Er drehte ihren Schreibtischsessel zu sich herum, hob sie aus dem Sitz und nahm sie in die Arme. Sie versuchte sich zu lösen und kühl zu sein.

»Nicht hier«, sagte sie. Aber seine Hände strichen zum ersten Mal über ihren Rücken, und ihre Haut begann zu singen.

»Danke für deine Nachricht«, sagte er und bedeckte ihren Hals mit Küssen. Sie öffnete ihre Lippen und empfing ihn wie einen Heiligen. Als ihre Lippen sich trennten, winselte sie fast vor Verlangen. Aber er hielt sie von sich, so plötzlich und unerwartet, daß eine Woge der Übelkeit durch ihren Körper lief und sie sich auf die Kante ihres Schreibtisches setzen mußte.

»Nicht hier. Nicht jetzt. Ein Fest für dieses erste Mal«, raunte er und zog sie am Nacken wieder zu sich hoch, um sie ein letztes Mal zu küssen.

Sie versuchte sich auf ihren Artikel zu konzentrieren, aber das Fieber, das durch ihren Körper rieselte, ließ sich nicht aufs Papier zwingen. Sie hatte ihr Opus über den Seitensprung mit einem Zitat begonnen:

»Vom Instinkt her ist der Homo sapiens offenbar nicht monogam programmiert wie die Graugans, der Wüstenfuchs oder der Pinguin. Die Monogamie hat sich bei ihm erst sekundär entwickelt, und ihre Aufrechterhaltung erfordert daher ein stetiges Bemühen, ja Disziplin, wie sie erfahrungsgemäß nicht bei allen Menschen vorausgesetzt werden kann.«

Dieser profunden Einsicht hatte sie bislang noch keine Zeile hinzugefügt. Statt dessen schrieb sie eine kurze Nachricht an den Priestermann:

AUF DEM ALTEN FRIEDHOF
SONNTAG MORGEN UM NEUN
REBECCA, DIE KRÄHEN UND ICH
SCHNEEFLOCKEN SCHMELZEN AUF DER ZUNGE
IMMERZU DENKE ICH AN DICH

In den nächsten Tagen sahen sie sich jeden Morgen für einige Minuten im Büro und verbrachten dann den Tag getrennt, fiebernd und rastlos. Dann hatte er einen Raum gefunden, die Wohnung eines befreundeten Fotografen, der viel auf Reisen war. Dort geschah es zum ersten Mal.

Die Wohnung roch nach Dreck in den Ecken und Resten von Knoblauch und langen Abwesenheiten. Das Schlafzimmer war klein und kahl, mit einem ausgefransten Bastteppich auf dem Fußboden und einem mönchsschmalen, alten Holzbett an der Wand. Der Priestermann bereitete ihr ein Lager darauf mit einer weichen, weißen Decke, die er mitgebracht hatte. Es war kalt. Auf einem Teller stand eine mit Wachs festgeträufelte Kerze, und er zündete sie an. Der Lichtschein erhellte eine tote Motte. Dann holte er ihren langen Wintermantel als Decke.

Sie hatten nur zwei Stunden Zeit, aber es war, als ob die Zeit stehengeblieben wäre: seine Hände warm auf ihrem nackten, fröstelnden Leib, sein Pfahl, der mit plötzlicher Wucht in ihr stöhnendes Fleisch stieß, seine Finger, die zärtlich über ihre offengelegte Scham strichen.

Später schlichen sie draußen in der Dunkelheit voneinander, ohne sich zu berühren. Sie hatten beide Angst, sich noch einmal voneinander lösen zu müssen.

Am nächsten Morgen steckte wieder eine Nachricht von ihm in ihrer Schreibmaschine:

DER MANN, DIE FRAU –
SIE WAREN SCHÖN,

WENN ER IHREN LEIB ZERPFLÜGTE,
BIS SIE UM GNADE BAT
UND MEHR,

WENN SIE ÜBER IHM KAUERTE
WIE EIN DUFTENDES, HUNGRIGES TIER,
BIS ER LÄCHELTE WIE NIEMALS ZUVOR.

SIE WAREN SCHÖN
UND WINZIG KLEIN.

IHRE MINUTEN WURDEN WEGGESCHWEMMT
VON EINER WELLE AUS ZEIT,
IHR SCHWEIßWARMES LAKEN
ZERKNÜLLT IM ANSTURM DER WIRKLICHKEIT.

DIE FRAU, DER MANN –
SIE WAREN SCHÖN
UND WAREN EINS.
WAS MEHR SOLLTE IHNEN GEGEBEN SEIN?

Sie schrieb ihm zurück:

DEN GERUCH DER LIEBE ABZUWASCHEN
SCHIEN MIR DER EINZIGE FREVEL DIESER NACHT.

Damit begann für Sonja ein neues Leben. Sie stand morgens mit der Lüge auf und ging abends mit ihr ins Bett. In der Zeit dazwischen war sie nur bei ihm, mit all ihrem Sein und Denken; Wolf und Becky existierten nur noch als Schatten neben ihr.

Sie war unfähig, ein Buch zu lesen, da das Drama ihrer eigenen Geschichte sie zu sehr in Anspruch nahm. Jeden

Abend sah sie blicklos in den Fernseher und formulierte im Kopf Nachrichten an den Priestermann.

Morgens cremte sie sich mit den teuersten Duftölen ein, bis ihre Haut samtweich war. Sie kaufte Kleider nur noch nach dem Gesichtspunkt, ob sie sich aufknöpfen ließen, damit er sie auf dem Schreibtisch nehmen konnte. Sie trug weiche, weite Boxershorts, um ihm jederzeit freien Zugang zu ihrer Scham zu gewähren.

Manchmal war sie froh über ihre kurzen, gehetzten Zusammenkünfte, denn sie hatte das Gefühl, sie seien füreinander eine zu starke Droge und überlebten sich nur, weil sie sich in reduzierter Dosis bekamen.

Sie trafen sich höchstens ein Mal in der Woche am Abend in der Wohnung des Fotografen. Aber sie machten es in ihrem Büro, vögelten stehend, an die Regale gelehnt, auf dem Schreibtisch und den Stühlen, auf dem dreckigen Fußboden. Zwei Mal mietete er einen Tagesraum im teuersten Hotel der Stadt. Sie erwartete ihn um zehn Uhr morgens an der Rezeption, eine schwarze Aktentasche unter dem Arm und nackt unter ihrem Pelzmantel. Der Priestermann verzog keine Miene, als sie im Fahrstuhl den Mantel für ihn öffnete. Aber als sich die Hotelzimmertür hinter ihnen schloß, warf er sie zu Boden und drang brutal in sie ein. Sie genoß jeden Stoß.

Wolf betrachtete sie mit Staunen in dieser Zeit.

»Du bist so schön«, sagte er immer wieder zu ihr und schaute sie an, als habe er ihr Gesicht gerade erst entdeckt.

Sonjas Herz pochte. Sie wußte, daß sie schön war, weil sie den Händen des Priestermannes verfallen war.

Es war das erste Mal in ihrem Leben, daß sie zögerte, ihren Freundinnen etwas von einem neuen Mann zu erzählen. Schließlich hielt sie es nicht mehr aus und vertraute sich Floh an.

Sie saßen gemeinsam im »Lost Boys«, und Sonja trank

puren Whisky mit ein paar Eisstücken und spürte deutlich, daß ihr Verhältnis ihr über den Kopf wuchs. Der Alkohol wirkte wie Gift in ihrem aufgeputschten Zustand.

»Es ist keine miese kleine Affäre, die ich aus Langeweile begonnen habe«, erklärte sie Floh. Ihre Stimme bebte.

»Meine Güte, Sonny, genieß es. Mach das Beste draus. Aber laß dich nicht erwischen.«

»Nein, Floh. Es ist mehr. Es ist stärker als ich.«

»Komm, Sonny, steigere dich jetzt nicht so da rein. Ich weiß doch, wie das läuft. Da sucht man sich immer wieder Männer, die stark und geheimnisvoll sind, und dann kocht man sie so lange weich, bis man rausfindet, daß sie auch nur ganz normale Eier sind.«

»Ich weiß nicht, ich weiß nicht, ich bin besessen. Er ist mein Priester. Ich bete ihn an. Und er ist mir – verfallen. Wirklich. So ist es.«

Sie war betrunken und merkte, daß sie sich an der Grenze zur Hysterie bewegte. Das »Lost Boys« war voll, und die Leute begannen, zu ihrem Tisch hinüberzusehen.

Tränen stiegen ihr in die Augen.

»Aber denk doch mal an Becky«, sagte Floh und legte einen Arm um sie. Sonja schluchzte laut auf und begann hemmungslos zu weinen. Sie war lange nicht mehr hier gewesen, und die Leute um sie herum waren ihr egal. Ihr Leben war ein Chaos. Sie war im Begriff zu ertrinken. Was kümmerten sie die Leute?

Floh nahm sie am Arm und führte sie auf die Toilette. Sie sprach beruhigend auf ihre Freundin ein, aber Sonja hörte kaum hin. Ihr Gesicht war naßgeweint, und sie weigerte sich, die Tränen abzutrocknen. Sie befand sich jetzt weit außerhalb jeder Kontrolle. Es war gut, dort zu sein, wie in einem freien Raum.

»Ich liebe ihn. Er wird mich zerstören. Ich liebe ihn, Floh, ich liebe ihn«, schluchzte sie.

Floh brachte sie dazu, ein Taxi nach Hause zu nehmen, und Sonja wankte ins Bett.

Als Becky um sechs Uhr aufwachte, war sie immer noch betrunken. Es war Sonntag. Die Glocken läuteten zur Frühmesse. Sie erhob sich schwankend und brach noch auf dem Bett wieder zusammen. Becky begann zu schreien. Sonja rüttelte Wolf am Arm.

»Ich kann nicht. Bitte mach du. Ich habe einen schrecklichen Kater.«

Wolf grinste und warf ihr durch die Luft einen Kuß zu.

»Bleib liegen, ich kümmere mich.« Er nahm Becky auf den Arm und trug sie hinüber in die Küche.

Sonja blieb flach liegen, aber in ihrem Kopf drehte sich alles. In der Dachrinne scharrten die Tauben. Sie hörte, wie Wolf mit Becky sprach und Wasser aufsetzte, um ihr Fläschchen zu machen.

Er war ein guter Mann. Er hatte Sicherheit um sie herum geschaffen, wie eine feste Umfriedung, die sie auf dem Boden hielt und vor dem leichtsinnigen Davonschweben bewahrte. Er war fürsorglich, verläßlich und fair. Und er war Beckys Vater. Dies war ihre Familie. Menschen, die zu ihr standen, wenn sie schwach war. Ihr Zuhause. Aber da war der Schmerz in ihrer Brust, dieser entsetzliche Druck, das Verlangen nach ihrem Mann.

Ihr Mann? Ja. Ihr Mann. Ihr Himmel und ihre Hölle. Wronski. War es Liebe, die Anna Karenina zerstört hatte? Oder die Gesellschaft? War sie mutig gewesen oder dumm?

Und warum war ihr der Priestermann nicht früher begegnet? Aber dann hätte es Becky nicht gegeben, ihr blondes Feenkind.

Wolf ging durchs Schlafzimmer, um Becky im Badezimmer zu wickeln. Sie sah ihm im Liegen nach, seiner großen, kräftigen Gestalt. So vertraut. So fremd. Nicht der Priestermann. Nicht ihr Mann. Nichts blieb an seinem Platz. Ihr war schwindlig, aber sie stand trotzdem auf, ging in die Küche und suchte nach einer Tasse.

Die Wochenenden waren immer am schlimmsten. An den Wochenenden sahen sie sich nicht, dann war der Priestermann gefangen in seiner perfekten, harmonischen, kinderlosen Ehe. Seine Frau und er verbrachten an den Wochenenden jede freie Minute zusammen, weil sie ja soviel arbeitete. Ihre Karriere nahm eine mächtige Stellung ein, mächtiger als drei Kinder. Er sprach niemals schlecht von ihr. Sie war eine Art Blitzmädel: intelligent, ehrgeizig, redegewandt, charmant. Er war stolz auf sie. Er liebte sie. Wahrscheinlich hatten sie immer nur am Wochenende Sex.

Sonja hatte endlich eine Tasse gefunden, um sich Kaffee einzugießen aus der Kanne, die auf dem Tisch stand, aber dann ging sie mit der leeren Tasse zum Kühlschrank, öffnete ihn und suchte dort nach einer Flasche Cola. Sie nahm die angebrochene Flasche und setzte sie gierig an ihre Lippen.

Eine Migränewelle schwappte über ihr zusammen, und sie legte sich auf den harten Küchenfußboden, um mit der Erde in Kontakt zu bleiben. Wolf kam mit Becky auf dem Arm in die Küche zurück. Er lachte.

»Du mußt ja ganz schön zugeschlagen haben gestern nacht.« Sie verharrte reglos am Boden. Becky kam aufgeregt auf sie zugekrabbelt und zog sie an den Haaren.

»Oh, meine Süße, nicht, deine Mama hat furchtbar gesoffen letzte Nacht«, sagte Sonja mit belegter Stimme und zog sich auf den Küchenstuhl. Von der Kirchturmuhr schlug es sieben Uhr. Der Tag war noch jung.

Sonntag.

Der Tag der Woche, den sie am meisten haßte.

Vor dem Fenster tanzten Wirbel von Schneeflocken durch die Luft, chaotisch und unendlich harmonisch, als gehorchten sie einer höheren Ordnung.

Liebe und Tod
1989

Die Freundinnen kamen sich wieder näher. Karin, Inga und Floh verschlangen die Neuigkeiten, die Sonja ihnen Mal für Mal enthüllte. Inzwischen waren alle eingeweiht. Manchmal erschien Sonja alles wie früher, als sie noch Teil der Clique gewesen war, mit all ihren kleinen Skandalen, verwickelten Verhältnissen und würzigen Geschichten von der Kante fremder Betten.

Inga und Floh riefen regelmäßig bei ihr an. Sonja war klar, daß ihr Ansehen gestiegen war.

Keine ihrer Freundinnen war je als Babysitter eingesprungen oder hatte auch nur einen der unzähligen Abende, an denen Sonja zu Hause saß, mit ihr verbracht. Aber jetzt halfen sie ihr selbstverständlich und ohne Zögern. Sie befanden sich auf vertrautem Terrain. Floh und Karin dienten häufig als Alibi. Inga gab Sonja den Schlüssel zu ihrer Wohnung.

In Ingas kleinem Schlafzimmer mit dem Bett am Fußboden und dem brüchigen Korbstuhl feierten Sonja und der Priestermann »9 1/2 Wochen«. Es war Sonjas Idee gewesen.

Auf ihren Spaziergängen mit Becky sammelte sie Vogelfedern und bemooste Steine und Kastanienblätter. Sie erstand Ingwer und Salbei und Vanille und wählte die Essenzen von Kreuzkümmel, Weihrauch und Nelken aus. Sie verbrannte Papier und hob die weiche Asche in einem Tiegel auf. Dann ging sie auf den Markt und kaufte eine Aubergine, Oliven und verschiedene Sorten Käse. Aus ihrem Schrank nahm sie einen Lederhandschuh und ein Spitzenhemd, aus dem Bad eine Drahtbürste, aus der Küche ein langes Fleischmesser und aus dem Wohnzimmer Kerzen.

Oben auf den großen Korb mit all ihren Schätzen legte sie ein sündhaft teures seidenes Halstuch, blau und curryfarben gemustert, das sie bei Karins Designerfreundin gefunden hatte.

Als der Priestermann an Ingas Tür klingelte, führte sie ihn in das kleine Schlafzimmer, in dem es heiß geworden war von der Wärme der vielen Kerzen, die sie angezündet hatte. Er mußte sich ausziehen und tat es lächelnd, während sie ruhig neben ihm stand. Sie befahl ihm, sich auf das Bett am Fußboden zu setzen und verband ihm die Augen mit dem Seidentuch. Er hörte auf zu lächeln und wurde seltsam still, und sie mußte ihn zurechtrücken, so daß er mit dem Rükken gegen die Kissen lehnte. Sie goß ihm ein Glas Wein ein und gab ihm zu trinken. Dann zog sie sich aus, streifte ihr weiches Hemdchen über und kramte in ihrem Korb. Die Dinge mußten keiner Ordnung gehorchen, sie wollte sich von ihrer Intuition leiten lassen.

Die Vogelfeder fiel ihr in die Hände. Also würde sie mit Fühlen beginnen. Sie fuhr mit der weichen Feder die Linien seines Körpers ab, verweilte in den Achselhöhlen, umkreiste die Hoden und strich mit der Feder durch die Zwischenräume der Zehen. Sie hatten Zeit. Zwei Stunden. Eine Ewigkeit.

»Was ist das?«

»Eine Feder?«

»Richtig.« Sie malte mit schwarzem Filzstift einen Kreis auf seinen Bauch, der sich unregelmäßig hob und senkte. Sie nahm eine Kerze und tropfte Wachs auf den Kreis. Er zuckte zusammen.

»Was fühlst du?«

»Wachs.«

»Richtig.« Dann nahm sie die weiche Asche und verteilte sie auf seinem Bauch, massierte ihn damit, und sein Atem wurde ruhig.

»Weißt du, was es ist?«

Er überlegte.

»Nein.«

»Gut.« Sie goß Öl auf die Asche und verschmierte den schwarzen Brei mit kreisenden Bewegungen auf seinem Bauch. Von unten hörten sie das Klingeln der Straßenbahn.

»Was ist das?«

»Wasser.«

»Nein.« Er mußte sich umdrehen, und sie schlug ihn mit der Drahtbürste auf den Po. Er schrie. Sie lachte.

»Nun?«

»Eine Drahtbürste, du Luder.«

»Stimmt.« Sie streichelte seinen nackten Körper mit einem Lederhandschuh, und er bekam sofort eine Erektion.

»Nein«, sagte sie, »das machen wir jetzt nicht«, und legte ihm die kalte Schneide des Fleischmessers auf den Penis.

»Messer«, sagte er sofort, und sie gab ihm einen tiefen Zungenkuß, ohne das Messer fortzunehmen von seiner empfindlichsten Stelle.

Dann mußte er tasten. Er versuchte sich an der glatten Form der Aubergine und erriet sie nicht. Sie ließ ihn über den moosbewachsenen Stein streicheln. Diesen erkannte er. Er ertastete auch die Kastanienblätter und die Äste.

Beim Riechen war er schlecht. Nur Weihrauch und Vanille konnte er entschlüsseln. Als er schmecken sollte, wurde er ängstlich. Er wollte die Dinge in die Hand nehmen, aber sie befahl ihm, die Zunge herauszustrecken und legte ihm eine Olive darauf. Er spuckte sie sofort wieder aus. Sie mußte lachen. Aber er blieb still und ernst. Auch den Käse mochte er nicht. Sie gab ihm mehr Wein zu trinken, um den Geschmack fortzuspülen.

Dann stellte sie Musik an, befriedigte ihn mit dem Mund und schluckte seinen Samen mit dem letzten Schluck Wein hinunter.

Sie nahm ihm das Tuch ab und blies die Kerzen aus, und aus der Höhle voll wundersamer Rituale wurde wieder Ingas Schlafzimmer. Draußen wartete die Welt auf ihre Rückkehr.

Immer wieder gelang es ihnen, die Zeit einfach stehenbleiben zu lassen und im Augenschlag der Ewigkeit zu verharren.

Der Priestermann wußte um alle Finessen der Liebe, wußte den Bogen zu spannen zwischen Zärtlichkeit und Gewalt, raunte ihr öbszöne Komplimente zu, liebkoste mit seiner neugierigen Zunge die verborgensten Stellen ihres Körpers. Doch niemals endete ihre Hingabe im Körperlichen, immer flossen ihre Seelen zusammen wie zwei Strömungen im Meer. Und das war es, was ihr Verhältnis so gefährlich machte.

GELIEBTER –
WENN DEINE HAND AUF MIR LIEGT,
SINKE ICH BIS ZUM GRUND UNSERER LIEBE.
DEINE HAND IST STARK.
DIE WELLEN, DIE SIE IN MIR ERZEUGT,
SIND ÜBER MEINEN VERSTAND GEROLLT
WIE ÜBER FLACHE STEINE,
MIT DENEN DIE BRANDUNG SPIELT.
SIE SCHARREN WILLENLOS UND IMMER WIEDER NEU
DREI EWIGE WORTE IN DEN SAND
ICH LIEBE DICH
ICH LIEBE DICH
ICH LIEBE DICH

schrieb Sonja ihm. Auch ihre Nachrichten hatten sich geändert. Seltener sprachen sie von Sex. Immer öfter tauchte die Liebe in ihren Texten auf.

Mitte März brach der Frühling ein, mit fast sommerlichen Temperaturen, und Sonja und der Priestermann spürten, daß die Veränderung, die draußen vor sich ging, sie mit sich reißen würde. Sie lehnten an dem kleinen runden Stehtisch des italienischen Imbißlokals unweit vom Büro, und ihre Hände verschlangen sich auf der resopalbeschichteten Tischplatte. Das Restaurant war leer. Der Mittagsbetrieb hatte noch nicht eingesetzt. Zum ersten Mal sprachen sie über das Thema Trennung.

»Wenn wir das täten, würden wir alles zerstören wie bei einem Erdbeben«, sagte Sonja versonnen, und er antwortete wie im Traum: »Warum sollten wir nicht alles zerstören?«

Doch dann kam der kleine Wirt des Restaurants und brachte Teller und Besteck, und der Priestermann wachte auf.

»Nein, es geht nicht. Ich liebe meine Frau. Es gibt uns schon zu lange. Alle Krisen, alle Anfechtungen haben wir überstanden. Ich kann mich nicht von ihr trennen. Es ist undenkbar.«

Sonja schaute auf ihren Teller. Die Tomaten und Zucchini waren mit einer glänzenden Schicht Fett überzogen. Der Wirt legte zwei Papierservietten neben ihre Teller: »Buon appetito!«

Sie fegte beide Teller mit einer einzigen Handbewegung vom Tisch. Das billige, weiße Porzellan zersplitterte in unzählige Stücke. Der Wirt, der sich schon halb abgewendet hatte, riß bekümmert die Arme hoch. Dann blickte er zu Boden. Zwischen seinen hellen Wildlederschuhen und den spitzen schwarzen Cowboystiefeln des Priestermanns breiteten sich zermatschte Tomaten und unverletzte Zucchinischeiben aus. Streifen von roten Paprika leckten wie unzüchtige Zungen an den Schuhsohlen der Männer.

»Sieh nur, wie leicht alles zerbrechen kann«, sagte Sonja, stieg mit spitzen Absätzen über die verschmutzte Stelle und war mit zwei Schritten aus der Tür. Sie stöckelte die Straße hinunter, blind für den Verkehr, die kreuzenden Passanten. Vereinzelt fielen ihr Schilder auf: »Lotto/Totto«. Etwas später »Ihr Optiker mit Herz«. Die Schlagzeile an einem Zeitungskasten: »Das Ungeheuer von Houston – er schlachtete achtzehn Frauen ab«.

Ihre metallbeschlagenen Absätze klapperten auf dem Pflaster wie Kastagnetten. Sie lief zu ihrem Auto, fuhr nach Hause, schloß Becky in die Arme und begann zu weinen.

»Labas, Labas«, sagte Becky, griff in Sonjas lange Haare und zog daran. Sonja trug sie ins Wohnzimmer und suchte nach dem kleinen Plastiktelefon, das Becky neu bekommen hatte. Sie wollte mit ihrer Tochter spielen, ohne einen Gedanken an den Priestermann zu verschwenden. Zusammen setzten sie sich auf den Fußboden. Sonja nahm den roten Plastikhörer ans Ohr.

»Hallo, hallo, hier ist Mami. Ich möchte mit Becky sprechen.« Sie hielt Becky den Hörer hin. Während Sonja zusah, wie das Baby den Hörer in den Mund nahm und daran nagte, formten sich in ihrem Kopf schon die ersten Sätze einer Nachricht an ihn:

WAS KLAGST DU WEIB?
WER NAHE DEN STERNEN LEBT,
MUSS DIE KÄLTE IHRES GLANZES ERTRAGEN.
FÜR DEN ERDWARMEN ALLTAG
SIND EURE GÖTTER ZU HOCH.

Aber sie suchte kein Papier, um die Worte festzuhalten, sondern ließ sie einfach wieder versinken wie einen schönen, aber wertlosen Stein, den man ins Wasser zurückwirft.

Sie wollte endlich wieder eine gute Frau, eine gute Mutter sein. Ihre Ehe war nicht schlecht gewesen. Sie liebte Wolf auf eine ruhige, klar definierte Art und Weise. Er hatte sie immer auf Händen getragen, und seine Füße waren dabei tief in der Erde verwurzelt geblieben. Und genau diese Wurzeln hatte Sonja entbehrt, denn sie besaß keine, wurde leicht umhergetrieben, ohne Grund zu fassen, wie der Wind, wie die Wellen auf dem Wasser.

Becky schob ihr das Plastiktelefon hin und sah sie erwartungsvoll an.

»Hallo, hallo, Becky? Hier ist Mami«, rief sie in den Plastikhörer mit einer von unterdrückten Tränen borstig gewordenen Stimme. Becky strahlte.

»Labas, Labas.« Sonja nahm sie auf den Schoß, und ihre Tränen tropften auf das weißblonde Haar des Kindes.

»Du hast eine dumme, dumme Mama«, sagte sie schließlich, erhob sich, um Becky einen Zwieback zu holen, und wischte sich die Tränen mit einem dreckigen Küchenhandtuch ab.

Es war Freitag, und Wolf kam wie gewöhnlich etwas früher nach Hause. Er küßte sie liebevoll auf die Wange, nahm dann Becky auf den Arm und tanzte mit ihr durch die ganze Wohnung. Das Baby gurgelte vor Freude. Sonja wandte sich ab und stieg die Treppe hoch zur Galerie.

»Ich werde die Zeit nutzen, um meinen Schrank aufzuräumen«, rief sie nach unten.

»Wenn du willst, nehme ich Becky mit zum Einkaufen. Wir brauchen noch Brot«, entgegnete Wolf.

»In Ordnung. Vergiß nicht, ihr eine Mütze aufzusetzen.«

Sie ging zu ihrem Kleiderschrank, öffnete ihn, kroch auf allen vieren hinein und kauerte dann zwischen den hinunterhängenden Röcken und Hosen. Sie hörte, wie der Wind gegen die Dachfenster drückte. Die Dunkelheit stahl sich durchs Fenster und sammelte sich in dem Halbdüster um sie herum. Ihre Gliedmaßen waren festgefroren. Auch mit größter Willensanstrengung hätte sie sie nicht bewegen können.

Unten klickte die Haustür ins Schloß. Sonja verharrte, bis die Dämmerung die letzten hellen Flecken gefressen hatte. Dann sah sie in den Abgrund.

Ein Leben ohne den Priestermann? Das war, als blickte sie in ihr eigenes Grab. Ein Leben ohne Wolf? Die Tiefen waren unauslotbar. Der Schlund reckte sein gieriges Maul. Fallen würde sie, so oder so.

Sonja barg sich zwischen den Kleidern. Nach einer Weile robbte sie aus dem Schrank und tappte zum Lichtschalter. Das Licht rückte den Raum mit einem Fingertip in die Wirklichkeit zurück.

»Du bist ja verrückt«, sagte Sonja halblaut zu sich selbst, als hätte sie irgendeine Entscheidung getroffen.

Am Sonntag um neun Uhr morgens, als sie am Frühstückstisch saßen und Becky ihr zweites Fläschchen auf Wolfs Schoß trank, rief der Priestermann an.

»Sonja?«

Ihre Stimme war flach, ohne jeden Ausdruck. »Ja?«

»Ich habe gestern meine Frau verlassen. Ich würde die Hexe gern sehen, für die ich das getan habe.«

Seine Stimme zitterte.

Sie beobachtete, wie Becky die letzten Tropfen Milch aus der schon leeren Flasche sog. Wolf blickte sie neugierig an.

»Wo bist du?«

»Ich habe bei einem Freund übernachtet.«

Er nannte ihr die Adresse seines Partners aus dem Journalistenbüro. Wolf spielte mit Beckys nackten Füßen.

»In einer halben Stunde bin ich da«, sagte Sonja, und ihre Stimme besaß immer noch keine Farbe. Sie legte langsam den Hörer auf. Wolfs Blick haftete fest an ihrem Gesicht.

»Wer war das?«

»Wir reden heute abend darüber. Das verspreche ich dir. Ich muß weg.«

Sie sah, wie sein Mund sich dünn fältelte. Er wußte Bescheid.

»Wann kommst du wieder?« fragte er, den Mund schon ganz steinern.

»Ich weiß nicht. Heute abend erkläre ich dir alles.« Sie keuchte unter der Last ihrer Worte. Die Luft im Zimmer war dicht geworden, kaum atembar, und sie drehte sich um, verließ die Küche, rannte die Treppe hoch zur Galerie und riß irgendeine Hose aus dem Kleiderschrank. Sie ging nicht mehr in die Küche zurück, um sich zu verabschieden, sondern schlich sich aus der Tür, das Herz schon ganz schwarz vom Verrat.

Draußen streiften sanfte Regenschleier ihr brennendes Gesicht. Ein blaugrauer Himmel wogte über der Stadt, mattierte das Hellgrün der Königsbauten und wusch das Leuchten aus den ziegelfarbenen Dächern. Die Straßen lagen naßglänzend in sonntäglicher Totenstarre. Sie fuhr fast allein auf einer der Hauptverkehrsstraßen. Als sie vor dem fremden Wohnhaus hielt und aus dem Auto stieg, läuteten die Glocken zur Zehnuhrmesse. Sie drückte auf den Klingelknopf. Im Treppenhaus kam er ihr schon auf halbem Weg entgegen, eine kleine Reisetasche unter dem Arm. Sie umarmten sich hölzern wie Marionetten.

»Mein Liebster, was hast du nur getan? Warum hast du mir nichts gesagt?« murmelte sie gegen das kalte Leder seiner Jacke.

»Ich wollte dich nicht unter Druck setzen. Wie hätte ich das tun können?«

»Komm, gehen wir. Wir wollen über den Fluß fahren. Laß uns spazierengehen.«

Sie stiegen in seinen langschnäuzigen, weißen Sportwagen und flogen pfeilschnell über die leere Brücke. Auf der anderen Seite parkte der Priestermann den Wagen, und sie gingen Hand in Hand am Ufer entlang.

Die Luft hier war kühl und feucht und köstlich zu atmen. Während er stumm und klamm neben ihr herschritt, perlte ein Glücksgefühl in ihr auf, so als sei sie im Begriff, sich auf eine lange Reise zu begeben und trete jetzt, noch ganz sauber und frisch, die allererste Etappe an.

Sie blieb stehen, drängte ihn gegen ein Holzgeländer, das Schutz vor einem Abgrund bot, in dessen Senke die Büsche und Sträucher schon zu knospen begannen. Mit beiden Armen umschlang sie ihn unter seiner Lederjacke.

»Du verrückter, wunderbarer Mann, ich bin ja so glücklich, so glücklich. Noch heute abend verlasse ich Wolf.«

Und dann redeten sie, redeten und redeten, als sei der Bann gebrochen, und folgten dem Fluß, der sich, vom Regenwasser graubraun und dreckig, neben ihnen durch sein Bett wälzte.

Am Nachmittag fuhr sie nach Hause. Die Wohnung war leer. Sie ging durch die Räume mit den hohen Decken, streifte mit der Hand an den Wänden entlang, über den kühlen Marmor des Kaminsims im Wohnzimmer und die Holzlamellen der Schränke in der Küche und das Glas der Schiebetüren zwischen Schlafzimmer und Bad. Sie wartete auf ein Echo in ihrem Herzen. Schmerz, das Heim zu verlassen, Angst vor der Auseinandersetzung mit Wolf. Furcht vor dem Fall in den Abgrund – aber nichts war da, nichts außer einer immensen, erwartungsvollen Leere.

Als sie am Abend Wolf im Wohnzimmer gegenüberstand, überschüttete er sie mit Häme: »Liebe? Die große Liebe? Diese Lieschen-Müller-Geschichte willst du mir doch nicht im Ernst verkaufen?«

Sie sah, wie weh sie ihm tat. Er hatte nie an Liebe geglaubt, Wolf, ihr einsamer, grauer, schlauer Wolf. Wie dumm er doch war. Warum ging er jetzt ans Fenster und sah hinaus, fast gekrümmt vor Schmerzen, wandte sich stöhnend um und sagte: »Du kannst zurückkommen. Ich gebe dir drei Monate Zeit. Aber dann ist Schluß.« Warum, wenn es die Liebe nicht gab, dieses Messer zwischen seinen Rippen?

Sein Gesicht war grau, und er lief auf und ab in dem großen Wohnraum mit dem stumpf gewordenen Marmorfußboden, als würde der Schmerz ihn überwältigen, wenn er sich hinsetzte.

»Und Becky? Hast du mal an Becky gedacht? Was wird aus Becky?« Sie saß ganz still auf dem Sofa, während er vor ihr auf und ab wanderte, immer hin und her, an dem dunklen Maul des Kamins vorbei, an der Stereoanlage und hinüber zu dem schrägen Dachfenster und wieder zurück. Ihr war schwindlig. Der Fall war schnell, der Abgrund war tiefer, als sie erwartet hatte. Sie wartete, darauf anzukommen, ganz unten, am Grund des Loches, wo ihre Ehe zerschmettern würde.

»Ich möchte Becky bei mir behalten. Du kannst sie sehen, so oft du willst«, sagte sie.

So vernichtete sie alles. Die drei Jahre, die sie gemeinsam verbracht hatten in Harmonie, in denen er sie verwöhnt hatte und beschützt, sie gelehrt hatte, was er wußte, und das vierte Jahr, in dem sie sich ganz ihrem Kind zugewandt hatten, staunend über das Wunder, das aus ihrer Mitte gesprossen war.

Wolf verstand nicht, warum sie ihm keine Chance gab, warum alles vorbei sein sollte, ohne daß sie alles ausdiskutiert hatten. Er nannte sie eine scheißbürgerliche, romantische Trulla, die einen dummen Jungmädchentraum verfolgte. Er war sicher, daß sie zurückkommen würde, und machte sich Gedanken, wie lange es wohl dauerte, bis er ihr verziehen hätte.

»Aber warum nur, warum hast du alles kaputtgemacht?« fragte er dann und hielt ein einziges Mal inne. Und da wußte

Sonja, daß sie endlich angekommen waren, ganz unten, und ihre Ehe zerbrochen war.

Sie ging hinüber ins Schlafzimmer, deckte ihre unwissende, kleine Tochter zu und legte sich dann oben im Kleiderschrankzimmer schlafen, während Wolf unten blieb. Ihr Körper schmerzte, als sei er übersät mit Prellungen und blauen Flecken. Sie streckte sich auf dem Boden aus, aber das alte Leben umspannte sie wie ein verhedderter Fallschirm. Sie drehte sich auf die Seite und erwartete mit Ungeduld das Heraufdämmern des neuen Tages.

Leben und leben lassen
1989

Nach jenem Montag, an dem sie Wolf verließ, bewegte Sonja sich vorsichtig – als habe der Absprung ihr fast die Beine zerfetzt, und sie bevorzugte es jetzt, kleine Trippelschrittchen zu machen, die weniger gefährlich waren. Sie dachte nicht mehr in größeren Zusammenhängen. Sie überlegte nur noch, welche Aufgaben am dringlichsten zu bewältigen waren. Wenn sie ein Problem gelöst hatte, ging sie das nächste an. Schritt für Schritt.

Als erstes rief sie bei ihrer Zeitschrift an und ließ sich zwei Wochen Urlaub geben. Becky verbrachte zwei Vormittage in Tante Beas Wohnung. Der Priestermann hatte inzwischen ein Hotelappartement besorgt. Es lag im vierzehnten Stock in einem neu entstandenen Viertel am Rande der Stadt. Sie besaßen zwei Räume. Ein Schlafzimmer mit einem Doppelbett, über dem ein schlechter Druck von einem Segelboot im Sturm hing. Und ein Wohnzimmer mit schwarzen Ledercouches, einem Schreibtisch und einer abgeteilten Kochnische.

An einem der Vormittage, die Wolf in der Praxis verbrachte, fuhr sie in ihr altes Zuhause. Ein seltsames Gefühl von Heimatlosigkeit überfiel sie, während sie die Räume durchschritt. Alles war ihr zutiefst vertraut und gleichzeitig so fremd, als sei sie viele Jahre fort gewesen. Nichts hier gehörte ihr mehr. Dies war wieder Wolfs Höhle, so wie früher, bevor sie ihr Lager geteilt hatten.

Sonnenlicht drang durch das große Fenster, und Millionen von Staubkörnchen tanzten auf der Lichterbahn, die direkt ins Bett führte. Nur eine Decke und ein Kopfkissen lagen verloren auf dem breiten Ehebett. Beckys Gitterbettchen, das neben dem Ehebett gestanden hatte, war in Teile zerlegt und lehnte an der Wand. Im Bad war die große Wikkelkommode verschwunden.

Sie stieg die Treppe zur Galerie hinauf, ging an Wolfs Schreibtisch vorbei ins Schrankzimmer und stopfte hastig Beckys und ihre Kleider in große, blaue Müllsäcke, die sie mitgenommen hatte. Dann lief sie wieder nach unten und räumte Beckys Spielzeug zusammen.

Wo nur würde Becky jetzt ihre zwei Holzenten hinter sich herziehen, die sie immer an einer langen Schnur quer durch den riesigen Wohnbereich geschleift hatte? Sie verbot sich weiterzudenken. Kleine Schritte. Trippelschritte. Wichtig war jetzt nur, daß Becky ihr Spielzeug wieder hatte.

Das Gesicht des Hotelpagen blieb unbeweglich, als er die blauen Müllsäcke auf seinen kleinen Gepäckwagen lud und auf ihr Zimmer brachte.

Oben erwartete sie der Priestermann. Er nahm sie in die Arme.

»Ich muß ganz schnell wieder weg, Becky abholen. Ab morgen will Tante Bea vormittags ins Hotel kommen.«

»Gut so«, sagte der Priestermann.

»Warte.« Er hielt sie fest, bevor sie ihm entwischen konnte. »Ich liebe dich.«

Sie verharrte für Sekunden in seinen Armen. Wenn sie bei ihm war, gab es keine Fragen. Dann gab es nur das Rad des Schicksals, das seinen Lauf nahm, den Sieg der Liebe, die im Zenit stand. Hinter Sonja aber lag verbrannte Erde.

Sie befreite sich aus seinen Armen und zwang sich, zur Tür zu gehen. Es war zwei Uhr nachmittags, und Becky war schon seit dem frühen Morgen bei Tante Bea.

Die Kraft ihrer Liebe zu Becky schien ihr verzehnfacht. Sie hatte dem Kind den Vater genommen – und Wolf tat alles, um diesen Eindruck zu verstärken, denn bis jetzt hatte er sich geweigert, Becky überhaupt zu sehen. Jetzt mußte sie eine starke Mutter sein. Nachts lag sie mit offenen Augen da und konnte nicht schlafen, weil die Verantwortung sie schier erdrückte. Alles, was Becky betraf, hatte sie mit Wolf geteilt. Nun war sie plötzlich allein verantwortlich für ihr gemeinsames Kind.

An einem Sonntagnachmittag, drei Wochen nach ihrer Trennung, traf Sonja zum ersten Mal wieder mit der Stökkelschuh-Mafia zusammen.

Der grüne Käfer von Floh war neben einer Reihe von Taxis mitten in der Hoteleinfahrt geparkt. Als Sonja mit Becky auf der Hüfte zusammen mit dem Priestermann die Empfangshalle verließen, hupte Floh drei Mal fröhlich, und der Portier, der vor der automatischen Schiebetür stand, zuckte zusammen.

Sonja steckte ihren Kopf durch das offene Fenster, drückte Floh einen Kuß auf die Wange, begrüßte Karin, die auf der Rückbank saß, und warf Inga, die im Handschuhfach nach einer Zigarette suchte, einen Kuß durch die Luft zu.

»Na endlich«, sagte Inga, »das hat ja ewig gedauert. Mir ist schon ganz schlecht vor Hunger.«

Sonja stellte den Priestermann vor. Inga begutachtete ihn neugierig. Der Priestermann trug ein weißes Rüschenhemd unter einer alten Lederjacke. Er zog sich jetzt völlig anders an, als habe er sich gehäutet und die geschmacklosen Pullover und schlechtgeschnittenen Jacketts mitsamt der Ehefrau in der Dreizimmereigentumswohnung zurückgelassen.

Floh blickte kurz auf und verschwand dann wieder unter ihrem Sitz.

»Ich glaube, ich habe mein Portemonnaie verloren«, rief sie verzweifelt.

»Nicht schon wieder«, sagte Inga.

»Wo wollen wir denn hin?« fragte Sonja.

»Laßt uns doch in dieses Restaurant gehen, wo der kleine Fluß durch den Garten läuft«, schlug Karin vor.

»Das ist weit. Ich weiß nicht, ob ich genug Sprit habe«, wandte Floh ein.

»O nein«, seufzte Inga und kramte aus Flohs Handtasche eine Zigarette.

»Dann tanken wir eben, ich habe Geld«, erwiderte Karin.

»Du hast dein Portemonnaie wahrscheinlich bei mir liegenlassen. Da hattest du es jedenfalls noch.«

Sonja setzte Becky ab, die sich mit wackeligen Beinchen sofort auf Wanderschaft begab. Sie lief ihr nach und nahm sie wieder auf den Arm.

»Also los«, meckerte Inga. »Bevor wir hier noch versteinern.«

Floh und die Freundinnen fuhren vorneweg. Sonja und der Priestermann folgten ihnen in seinem langschnäuzigen Sportwagen. Becky saß in ihrem neuen Kindersitz auf der Rückbank und versuchte den Sicherheitsgurt abzustreifen, bis Sonja ihr einen Keks gab. Sie bröselte zufrieden einen Halbkreis von Krümeln auf die dunkelblauen, gepflegten Autopolster. Der Priestermann sah in den Rückspiegel, verharrte für den Bruchteil einer Sekunde im Schock und begann dann zu lachen.

»Mein Wagen wird wohl bald genauso aussehen wie deiner?« Er warf Sonja einen fragenden Blick zu, und sie nickte stumm. Dann sah sie schweigend aus dem Fenster. Das Hotel befand sich am Stadtrand, und sie näherten sich jetzt schon den ersten halbzersiedelten Feldern. Die Bäume hatten erst zu grünen begonnen, aber die Sonne hatte schon Kraft, und in dem Sportwagen wurde es langsam warm. Der Priestermann wollte mit offenem Wagen fahren, aber Sonja hatte Angst, daß der Fahrtwind für Becky zu kalt sein könnte.

Er legte seine Hand auf ihr Knie und lächelte sie an, um ihr zu zeigen, daß es ihm nichts ausmachte. Sie lächelte zurück. Sie bereuten nichts.

Sie liebten sich morgens um fünf, sobald ihre Körper aus den Schwingen des Schlafes glitten. Sie liebten sich am Mittag, wenn Bea fort war und Becky schlief. Sie liebten sich in der Nacht. Und sie liebten sich zu jeder anderen Minute des Tages, mit Augen und Händen, Worten und Lippen, mit einem Lächeln, einer Liebkosung, einem hingerissenen Blick. In all ihren Gesten lag immer wieder die Versicherung, die der Aussprache nicht mehr bedurfte: »Wir haben uns nicht getäuscht. Himmel und Erde. Oben und Unten. Feuer und Wasser. Mann und Frau. Du und ich.«

Flohs grüner Käfer verlangsamte die Fahrt, und der Priestermann bremste vorsichtig ab, doch dann beschleunigte sich der Wagen vor ihnen wieder und brauste mit hoher Geschwindigkeit davon.

Plötzlich bog der Käfer ohne zu blinken ruckartig rechts ab, und sie verpaßten die Abfahrt. Der Priestermann fuhr an den Straßenrand, machte eine Wendung um hundertachtzig Grad und bog in die Straße ein, in der Flohs Wagen verschwunden war. Das Gasthaus lag unweit der Straße hinter einer Reihe kümmerlicher und zum Teil erkrankter Birken. Sie fuhren auf den großen, asphaltierten Parkplatz neben Flohs Käfer.

Die Mädchen saßen schon mit Sonnenbrillen auf der Nase im Garten, der vollgestellt war mit wetterfesten, weißen Tischen und roten Plastikstühlen. Inga hatte, das Gesicht der Sonne zugewandt, ihre Beine auf den einzigen noch freien Stuhl hochgelegt und blies den Rauch ihrer Zigarette in den blaßblauen Himmel. Der Priestermann zog sofort einen neuen Stuhl für Sonja heran und breitete seine Jacke darauf aus, da er wußte, wie leicht sie fror.

Sonja setzte sich, nahm Becky auf den Schoß und gab ihr

die Bierdeckel, die auf dem Tisch lagen, zum Spielen. Der Priestermann winkte nach der Kellnerin. Sie bestellten Kaffee und Kuchen und ein Glas Apfelsaft für Becky.

»Was macht eure Wohnungssuche?« wandte Karin sich an den Priestermann. Der antwortete in seiner höflichen, zurückhaltenden Art, und Sonja mußte lächeln.

»Nichts«, fügte sie hinzu. »Das Hotel kostet uns ein Vermögen, und wir haben noch nicht eine Wohnung gesehen, die in Frage kommt.«

Inga löffelte die Sahne von ihrem Kaffee und bemerkte empört: »Diese Stadt ist wirklich das Letzte – ich habe vorige Woche eine Mieterhöhung von hundertfünfzig Mark bekommen. Stell dir das mal vor, jetzt wollen die siebenhundertfünfzig Mark haben für meine Butze.«

Becky, die inzwischen den Apfelkuchen auf Sonjas Teller zermantscht hatte, rutschte von ihrem Schoß und machte sich zu einem Erkundigungsgang auf. Sonja drehte sich um und folgte ihr mit den Augen. Mitten durch den Garten, in dem nur drei oder vier Tische besetzt waren mit älteren Leuten, schoß ein schnellfließender, knietiefer Bach, auf den ihre Tochter jetzt zielstrebig zuwankte. Sonja sprang auf und lief ihr hinterher. Bevor sie ihre Hosenträger packen konnte, saß Becky schon in dem feuchten Gras, das das Bachbett säumte, und bohrte mit ihren Fingern in der weichen Erde. Sonja kniete sich neben sie und sah zu, wie sie versuchte, Grashalme auszurupfen.

Von dem Tisch, an dem ihre Freundinnen mit dem Priestermann saßen, stieg Flohs gutturales Lachen auf. Der Priestermann drehte sich nach Sonja um. Sie wußte, daß er zu höflich war, um die Frauen allein am Tisch sitzen zu lassen. Sie nahm Becky auf den Arm und kehrte mit ihr an den Tisch zurück.

»Ich habe dir ein neues Stück Kuchen bestellt«, sagte er und spielte mit seinen schlanken Fingern eine kleine Melodie in ihrem Nacken. Sie reichte Becky eine Kuchengabel und einen Löffel, doch sie schlug damit in Sonjas noch volle, bereits erkaltete Tasse und spritzte sie beide mit Kaffee voll.

»Jetzt ist aber Schluß, du kleiner Giftzwerg«, drohte Sonja ihr mit dem Finger und hob sie von ihrem Schoß. Becky wanderte zu einem der Nachbartische, und Sonja nahm hastig einen Bissen von ihrem Kuchen.

»Ganz schön wild heute, Becky-Bär«, sagte Inga und schlürfte ihren letzten Schluck Kaffee aus der Tasse.

»Paß auf, Sonja, sie marschiert schon wieder zum Bach«, warnte Karin, ohne sich von ihrem Platz zu rühren. Sonja jagte mit der Kuchengabel in der Hand Becky nach, die kurz vor dem Bach zum Stehen gekommen war, um ein Loch in einem Baumstumpf zu untersuchen, in dem ein toter Käfer lag. Sie setzte sich auf den Rand des Stumpfes und ließ Becky forschen.

Sie fragte sich, ob es immer so weitergehen würde mit ihren Freundinnen, die sich nachmittags ein Quentchen Familienanschluß bei ihr holten, um am Abend pünktlich wieder in die Bars zu stöckeln.

Am Tisch bestellten die Mädchen Champagner. Sonja hörte Ingas gurrende, halblaute Stimme. Sie redete mit dem Priestermann. Sonja rührte sich nicht, obwohl Becky schon mit dem halben Arm in dem nassen Baumloch lag. Sie sah in das schnell dahinfließende Wasser des Baches.

Ganz am Anfang war es wahrscheinlich blanker Neid gewesen, den sie verspürte. Neid auf die Unabhängigkeit der kinderlosen Frauen, auf die Ausschweifungen der Ungebundenen. Dann kam die Bitterkeit des Außenseitertums hinzu. Wenn auch nur eine der drei Freundinnen ebenfalls ein Kind bekommen hätte, wäre es für sie erträglicher gewesen. Dann hätten sie sich zu einer Mütterfront zusammenschließen und über das Unverständnis der beiden Kinderlosen lästern können.

Aber jetzt erkannte sie mit erschütternder Klarheit, daß die Freundinnen sie unglücklich machten. Ihre Beziehung war erschöpft, leer, ohne Zuneigung, ohne Mitgefühl, Wärme oder gar Liebe. Sie blieben zusammen, weil sie seit zehn Jahren eine Clique waren und weil keine sich vorstellen konnte, diese Bande zu durchschneiden.

Sie beobachtete, wie Becky den anderen Arm in das Loch tauchte. Beide Ärmel waren jetzt plitschnaß. Sonja zog sie hoch, nahm sie an die Hand und schleppte sie wieder zum Tisch.

»Halt sie mal ganz kurz fest, ich möchte nur mein Glas austrinken«, bat sie Karin.

»Du liebe Zeit, sie ist ja ganz naß«, sagte Karin entsetzt und hielt Becky an ihrem Hosenträger mit einem gehörigen Sicherheitsabstand von dem Rock ihres blaßgrünen Sommerkleides fest. Becky brüllte empört auf. Sonja hob sie seufzend auf den Arm. Auch Karin seufzte erleichtert auf und strich sich den Rock glatt.

»Wahrscheinlich ist sie müde.«

»Nein«, erwiderte Sonja, »ihr ist langweilig. Sie will herumlaufen und die Welt erforschen.«

»Also gehen wir«, drängte Floh. »Ich habe noch eine Verabredung.«

Auf dem Parkplatz verabschiedeten sie sich mit Wangenküßchen.

»Es war schön, dich zu sehen«, sagte Karin und strich Sonja liebevoll über die Wange. »Ich mag unser Sonntagsnachmittagsritual.«

»Vielleicht sollten wir uns doch mal wieder abends treffen, wenn ich einen Babysitter habe«, schlug Sonja vor, während sie versuchte, den Gurt von Beckys neuem Kindersitz zu schließen.

»Ja«, erwiderte Karin, »aber tagsüber bekommen wir wenigstens ab und zu mal Becky zu Gesicht.« Sonja starrte sie an. Meinte sie das im Ernst? Karin lächelte warm. Vielleicht liebte sie Becky tatsächlich, auf irgendeine abstrakte Art, so wie alte, kinderlose Frauen, die Kinder aus der Ferne süß finden und ihnen manchmal gerührt eine Tafel Schokolade zustecken.

Sonja setzte sich neben den Priestermann ins Auto, und sie fuhren voraus, ohne auf die Abfahrt des Käfers zu warten. Die Frühlingslandschaft zog hinter den geschlossenen Scheiben vorbei wie eine Kulisse. Sie konnte sich plötzlich sehr gut vorstellen, die Bande zur Stöckelschuh-Mafia einfach zu durchtrennen.

Vorsichtig und ganz zart streckten Becky und der Priestermann die Fühler zueinander aus. Manchmal, wenn sie in dem kleinen, altmodischen Café in der Nähe des Hotels frühstückten und Sonja noch nicht fertig war mit Essen, legte sie ihre kleine Hand auf seinen langgestreckten Schenkel, und dann stand er auf, und sie zog ihn hinter sich her in die dunkelsten Winkel des Raumes, hinter die Kuchentheke, unter den Garderobenständer und in die Damentoilette. Und wenn Sonja und der Priestermann am frühen Nachmittag nackt und satt in den weißen Laken des breiten Hoteldoppelbettes lagen, unter dem billigen Druck von dem Segelschiff im Sturm, krabbelte sie schlaftrunken aus ihrem Bettchen im angrenzenden Wohnzimmer und legte sich zwischen sie, um Bilderbücher mit ihrem neuen Freund anzuschauen.

»Warum nur wolltest du keine Kinder haben? Du hast Geduld, bist langmütig und sanft«, fragte Sonja ihn an einem dieser Nachmittage. »Du bringst bessere Voraussetzungen für Kinder mit als ich.«

»So wie mein Leben aufgebaut war, hätten Kinder einfach nicht hineingepaßt. Mit dir ist das anders. Du hast alles geweckt, was in mir schlief: Leidenschaft, Chaos, sogar die

Lust auf Kinder. Du machst mich reich, reich wie einen König. Weißt du das, du Hexe?«

Sonja lächelte glücklich und schob träge einen Oberschenkel über seinen glatten Bauch. Dann hob sie horchend den Kopf. »Das ist Becky, die drüben mault.«

Er sprang auf. »Laß mich gehen. Du gehst immer. Ich hole sie.«

Der Priestermann brauchte einen Großteil seiner Ersparnisse aus dem geregelten Leben mit seiner Frau auf, um das Hotelappartement zu bezahlen. Sonja besaß nichts Erspartes und zahlte soviel sie gerade konnte. Trotzdem hatten sie es nicht eilig, eine Wohnung zu finden. Solange sie im Hotel wohnten, besaß ihre Beziehung kein Gefüge, das sie einengte, und sie schaukelten zwischen allen Welten wie auf einem herrenlosen Segelboot. Abgesehen von jenem Sonntagnachmittag mit Sonjas Freundinnen, trafen sie niemanden aus ihrer Vergangenheit. Der Priestermann hatte sich entschlossen, alle gemeinsamen Freunde seiner Frau zu überlassen. Und Sonja mied es, ins »Lost Boys« zu gehen, das Wolf, nun da er allein war und auch nicht mehr auf das Kind Rücksicht nehmen mußte, wahrscheinlich wieder öfter aufsuchte.

Statt dessen begannen sie, Plätze ausfindig zu machen, die sie beide nicht kannten, und die Stadt mit den Augen von Fremden zu betrachten. Eines Abends landeten sie dabei in einer neu eröffneten Bar, die mit groben Eisentischen bestückt war, an denen seltsam gebogene Drahtstühle standen. Anstelle von elektrischem Licht warfen Fackeln, die in halbhohen, rostigen Eisenklammern steckten, ihr zuckendes Licht über den Raum. Die Wände waren aufgeschlagen und legten in unregelmäßigen Flecken das rote Ziegelwerk der Mauern frei.

Sie bestellten einen Drink, und Sonja erkundete mit einem raschen Blick die Leute im Raum. Die Bar war halbleer und hatte offensichtlich ihr Stammpublikum noch nicht gefunden. Der Priestermann blickte sich ebenfalls um, und Sonja wußte sofort, daß ihm gefiel, was er sah.

»Wenn wir jemals ein Schlafzimmer haben, müßte es so aussehen«, sagte er zu ihr. Sie lachte.

»Dann brauchen wir zwei Schlafzimmer. Eins für die Exzesse und eins zum normalen Leben.«

»Du glaubst doch nicht, daß wir normal werden?« fragte er entrüstet.

Ein Schatten fiel auf ihren Tisch. Sonja blickte auf. Ein großer, kräftiger Mann mit leicht teigiger Gesichtsfarbe stand vor ihrem Tisch: Sugar-Daddy. Der Produzent von Hopper. Hopper und der »Scheinwerfer«, große Göttin, das lag weit zurück. Zwei oder drei Leben trennten sie von dieser Zeit.

»Hallo, Sonja, was machst du denn hier?«

Sonja biß sich auf die Zunge. Mit Floh hatte sie ihn immer nur Sugar-Daddy oder schwuler Hund genannt. Jetzt fiel ihr sein richtiger Name nicht ein – nur daß er immer schreckliche Oberhemden getragen hatte und nach Karl Lagerfeld roch.

»Hey. Lange nicht gesehen«, sagte sie freundlich und strahlte ihn an. Sie hatte Sugar-Daddy immer gemocht, obwohl er durch sein ständiges Trinken zuweilen anstrengend sein konnte. »Setz dich zu uns.«

Er zog mit großer Mühe einen der schweren Drahtstühle an ihren Tisch und bestellte sich gleich ein Bier. Seine Hemden waren so geschmacklos wie eh und je.

»Von dir hört man ja furchtbare Sachen«, sagte er nuschelnd, legte seinen Kopf ein wenig schief und sah Sonja prüfend an, so als müsse er sich selbst ein Bild machen von ihrer Person.

»Ja, ich habe Wolf verlassen. Und dies ist der Mann, für den ich das getan habe.« Sie strahlte den Priestermann an.

Sugar-Daddy musterte ihn ungeniert von oben bis unten, was nicht seine Art war und Sonja befürchten ließ, daß er bereits reichlich getrunken hatte.

»Ihr zwei feiert also schwarze Messen? So ganz richtig mit Weihrauch und Kinderblut und toten Hühnern und so?« Sein blasses, etwas fleckiges Gesicht war wieder zur Seite geneigt, und er sah sie beide neugierig an.

»Wie kommst du denn darauf?« fragte Sonja schockiert.

»Nun, man hört so einiges. Deine Freundinnen sind ja ganz besonders schlecht auf dich zu sprechen.«

»So?« Sonja rührte versonnen in ihrem Gin-Tonic. Der Priestermann strich ihr besorgt über den Oberschenkel. »Wieso?«

Sugar-Daddy trank sein Bier zur Hälfte aus, und sein Blick schwirrte in die Ferne. »Weiß nicht. Ist ja auch egal«, sagte er plötzlich. »Du bist halt für alle die Hexe jetzt.«

»Wirklich?« Sonja schob ihr Glas zur Seite.

»Na ja, weißt du«, sagte Sugar-Daddy versöhnlich, »das macht man ja auch nicht. So einfach weglaufen. Da kriegen alle Männer Schiß. Die stellen sich vor, ihre Weiber machen das nach. Und dafür hassen sie dich.«

»Aber was wissen die denn schon von mir, von meiner Liebe, meinem Leben? Die wissen doch gar nichts von mir. Ich muß doch glücklich werden. Die doch nicht.«

»Tja, so sind die Leute«, sagte Sugar-Daddy und gähnte. »Wißt ihr zufällig die Bundesliga-Ergebnisse?«

Der Priestermann schüttelte entgeistert den Kopf.

»Aber wieso meine Freundinnen? Die kennen mich doch.«

Sugar-Daddy winkte nach der Kellnerin, um sich ein zweites Bier zu bestellen. Dann legte er seine Hand auf Sonjas Arm, und sein schwerer Kopf schwankte vor ihren Augen wie der eines Elefanten.

»Freundinnen? Wenn du mich fragst, hast du keine.«

Sonja und der Priestermann gingen durch die sommerlich warme Nacht zu ihrem Auto zurück. Sie liefen schweigend Arm in Arm, bis der Priestermann sich zu ihr drehte und ihren Kopf zurückbog, so daß sie ihn anschauen mußte.

»Bist du traurig?« Sie spürte seine schlanken Hüften an ihrem Bauch und sog den Geruch seines Körpers ein.

»Nein. Ich bin glücklich mit dir. Das allein zählt.«

»Und deine Freundinnen?« Er sah sie forschend an.

»Das hat nichts mit dir zu tun. Die Risse waren vorher schon da. Sie sind alt. Und jetzt haben die Mädchen unsere Freundschaft fallenlassen, sorglos, wie eine angeschlagene Tasse. Es war vorauszusehen.«

Seine Hände zeichneten ihre Augenbrauen nach, fuhren über den Haaransatz und mit einem breiten Strich über das Kopfhaar zum Nacken. Sonja erschauerte.

»Ich nehme an, Floh ist es, die die miesesten Geschichten über mich verbreitet.« Sie machte sich los und lehnte sich an eine Hauswand. Es tat trotzdem weh. Ein paar junge Passanten gingen an ihnen vorbei, laut und geschäftig, aufgehoben in ihrer eigenen Wirklichkeit, in einem anderen Leben.

»Wieso Floh?«

»Weil ich sie am längsten kenne und weil wir uns am meisten lieben. So ist es immer. Die Liebe und die Zerstörung – sie gehören zusammen wie zwei Hände. Die Kraft ist die gleiche. Spürst du das nicht?«

Sie fuhren schweigend ins Hotel zurück. Sonja bezahlte den Babysitter, und sie schlichen sich an Beckys Reisebett vorbei ins Schlafzimmer. Der Priestermann öffnete die Vorhänge, so daß die Lichter der Stadt das Zimmer erhellten. Sie standen am Fenster und sahen schweigend nach draußen auf die gelben und weißen Lichtpunkte. Die Stadt unter ihnen sah fremd aus, fremd und beinahe feindlich.

Der Priestermann trug Sonja ins Bett. Sie liebten sich

ohne Forderungen, zärtlich und schwach, als hätten sie all ihre Kraft verbraucht.

Ihr Geliebter schlief schon, als Sonja sich unter dem grellweißen Neonlicht des Badezimmers abschminkte.

Sie gab einen Klecks Reinigungsmilch auf ihre Hände und verteilte sie mit langsamen, mechanischen Bewegungen auf ihrem Gesicht. Das Ritual war ihr so vertraut, daß ihre Gedanken sich ungehindert fortbewegen konnten.

Sie hatte also recht gehabt: Es war alles der Zerstörung anheimgefallen wie bei einem Erdbeben. Sogar die Freundinnen.

Sie drehte den Wasserhahn auf, ließ das Wasser in ihre zu einer Schale geformten Hände laufen und übergoß wieder und wieder ihre Gesicht.

Alle anderen waren ihr egal. Es machte Spaß, die Hexe zu sein. Solange sie denken konnte, hatte sie Dinge getan, »die man nicht machte«. Aber wer war »man«? »Man« waren immer Stimmen, die Anpassung verlangten. Anpassung an irgendwelche Gesetze, die nicht für sie gemacht schienen. Sonja versuchte nur, ihrer inneren Stimme zu gehorchen. Vielleicht war das mutig.

Vielleicht aber war es auch einfach dumm. Das »man« konnte sie zerstören wie Anna Karenina. Auch heute noch. Kein Mensch kam vollkommen ohne »man« aus.

Sie nahm eines der dicken, weichen Hotelhandtücher, trocknete sich ab und cremte ihre Haut ein.

Stärker denn je hatte sie das Gefühl, Teil eines umfassenderen Plans zu sein, dessen Ausmaße ihr kein Begriff waren. Was immer sie tat und entschied, es veränderte die Balance der Dinge in der Welt. Die Folgen dieser Veränderung aber waren nicht abzuschätzen. Sie lagen nicht mehr in ihrer Hand, und sie hörten auch nicht auf, nur weil sie selbst fand: »Hier ist Schluß«.

Sonja schraubte den Deckel ihrer Nachtcreme zu. Sie verließ das Badezimmer, schlich zu Becky ins angrenzende Zimmer und stopfte die Decke um ihren kalt gewordenen, festen kleinen Körper. Das Kind schlug für eine Sekunde blicklos die Augen auf, seufzte und versank wieder im Schlaf.

Dann huschte sie zurück ins Schlafzimmer und kuschelte sich an den warmen Körper ihres Geliebten.

Drei Tage später erfuhr Sonja von einer flüchtigen Bekannten, daß Floh fast jeden Abend mit Wolf im »Lost Boys« saß, um ihn zu trösten und seine zerbrochene Ehe zu analysieren. Die Anruferin gab sich schockiert. Sonja sagte nichts. Sie wollte sich von der Stöckelschuh-Mafia ohne Aufhebens trennen.

All die wilden, fetten Jahre hatten sie geteilt. Sie hatten sich wirklich geliebt. Aber jetzt war ihre Liebe zerschlissen im Mühlrad der Zeit. Und Sonja wollte lieber gehen als zusehen, wie der Hagelschlag ihre Erinnerungen verdarb.

Sonja und ihr Geliebter beschlossen, die Stadt zu verlassen. Der Priestermann war in Irland aufgewachsen. Er liebte die kleine Insel am Rande Europas, und sie mieteten ein kleines Haus an der Küste bis zum Winter. Die großzügige Clarissa März war einverstanden, daß Sonja von der Insel aus für die Zeitschrift schrieb. Der Priestermann arbeitete ohnehin an dem Drehbuch für eine Fernsehserie. Und Becky würde glücklich sein auf dem Land.

Als die alte Boeing 707 der »Air Lingus« vom Boden abhob, hatte Sonja keine Zeit, aus dem Fenster zu sehen. Becky hatte eine der Papiertüten aus dem Netz vor ihrem Sitz gezogen, ihre kleine Hand hineingesteckt und mit dem Zeigefinger den Boden durchbohrt, so daß die Tüte ihr als Puppe diente. Sonja mußte ihre Stimme machen.

»Hallo, hallo, wo fliegen Sie denn hin, Verehrteste?«

»Ach«, antwortete sie sich selbst in einer hohen, singenden Kinderstimme, »ich kenne das Land nicht und weiß gar nicht, was mich erwartet, und manchmal habe ich furchtbare Angst, aber dann bin ich auch wieder ganz schrecklich mutig, und so treibt es mich herum in der Welt.«

Becky stopfte die Papiertüte auf Sonjas Finger. Das Spiel gefiel ihr, und Sonja mußte unzählige Fragen beantworten, bis sie schon über der Wolkendecke flogen. Erst dann sah Sonja das erste Mal hinaus. Hier oben über den Wolken herrschte stille, blaue und vollkommene Leere. Da unten irgendwo unter all den Watteschichten, unwichtig und schon sehr weit weg, lag die geschäftige Stadt.

Inhalt

SONNTAG (1988) 7

DAS GANZ DICKE DING (1980) 27

DAS MUTTERSCHIFF (1988) 53

DIE TIGERIN (1980) 75

HIMMEL UND HÖLLE (1988) 97

EINE SCHLECHTE NUMMER (1980) 121

BEGIERDEN (1988) 137

DIE HÄLFTE DER RECHNUNG (1980) 157

DER SEITENSPRUNG (1988) 171

LIEBE UND TOD (1989) 191

LEBEN UND LEBEN LASSEN (1989) 205